dtv

In dieser internationalen Märchenauswahl stehen Töchter im Mittelpunkt. Sie halten bösen Stiefmüttern und herrischen Vätern stand und wissen auch, wie sie mit Menschenfressern und anderen Schreckgestalten umzugehen haben. Ob Königstöchter oder Bauernmädchen: Mutig, klug und gewitzt stellen sie sich ihren Aufgaben und bringen sie zu einem guten Ende. Man taucht ein in eine spezifisch weibliche Welt, wie sie im Märchen gespiegelt ist – und begegnet vielleicht auch dem wirklichen Leben darin.

Die Herausgeberin *Gudrun Lehmann-Scherf*, geboren 1951, ist Diplompsychologin, Psychoanalytikerin und Kunstpsychotherapeutin. Sie arbeitet in ihrer Praxis in München und ist als Dozentin in der Ausbildung von Psycho- und Kunsttherapeuten tätig. Seit vielen Jahren beschäftigt sie sich mit Märchen und hält darüber Seminare.

Reinhard Michl, 1948 in Niederbayern geboren, studierte nach einer Schriftsetzerlehre an der Akademie der bildenden Künste in München. Noch während seines Studiums begann er, für Verlage zu arbeiten. Für seine Arbeit wurde er mehrfach ausgezeichnet, unter anderem mit dem Gustav-Heinemann-Friedenspreis und dem Troisdorfer Bilderbuchpreis.

Märchen
von Töchtern

Herausgegeben und überarbeitet
von Gudrun Lehmann-Scherf

Mit Illustrationen
von Reinhard Michl

Deutscher Taschenbuch Verlag

Von der Herausgeberin Gudrun Lehmann-Scherf
ist im Deutschen Taschenbuch Verlag erschienen:
Märchen von Söhnen (13933)

Für Walter

Ausführliche Informationen über
unsere Autoren und Bücher
finden Sie auf unserer Website
www.dtv.de

Originalausgabe 2010
Deutscher Taschenbuch Verlag GmbH & Co. KG,
München
© 2010 Deutscher Taschenbuch Verlag, München
Umschlagkonzept: Balk & Brumshagen
Umschlagbild: Reinhard Michl
Gesetzt aus der Bembo 10,5/13˙
Satz: Greiner & Reichel, Köln
Druck und Bindung: Druckerei C. H. Beck, Nördlingen
Gedruckt auf säurefreiem, chlorfrei gebleichtem Papier
Printed in Germany · ISBN 978-3-423-13932-8

Inhalt

WASSILISSA
DIE WUNDERSCHÖNE

Russland

Es lebte einmal ein Kaufmann, der war zwölf Jahre verheiratet. Er hatte nur eine einzige Tochter, die wunderschöne Wassilissa, und als das Mädchen acht Jahre alt war, wurde ihre Mutter todkrank. Auf dem Sterbebett rief die Kaufmannsfrau ihre Tochter zu sich, zog unter der Bettdecke eine Puppe hervor, gab sie ihr und sagte: »Höre gut zu, Wassilissa! Merke dir meine letzten Worte und beherzige sie! Ich sterbe und hinterlasse dir mit meinem mütterlichen Segen diese Puppe, behalte sie stets bei dir und zeige sie niemandem. Solltest du jedoch einmal Kummer haben, gib ihr zu essen und frage sie um Rat. Wenn sie gegessen hat, wird sie dir sagen, wie deinem Leid abzuhelfen ist.« Darauf küsste die Mutter ihre Tochter und starb.

Nach dem Tod seiner Frau trauerte der Kaufmann, wie es sich gehörte, dann aber dachte er darüber nach, sich erneut zu verheiraten. Er war ein stattlicher Mann und an Bräuten gab es keinen Mangel. Mehr als alle anderen aber gefiel ihm eine Witwe. Sie war nicht mehr ganz jung und hatte selbst zwei Töchter, die ungefähr im gleichen Alter waren wie Wassilissa, da musste sie wohl eine erfahrene Hausfrau und Mutter sein. Der Kaufmann heiratete sie, aber er hatte sich in ihr getäuscht und fand keine gute Mutter für seine Tochter.

Wassilissa war die Schönste im ganzen Dorf. Die Stief-

9

mutter und die Schwestern beneideten sie deshalb und quälten sie mit harter Arbeit, damit sie vor Anstrengung mager und hässlich würde und ihr Gesicht von Sonne und Wind braun gegerbt. Sie machten ihr das Leben zur Hölle! Wassilissa ertrug alles ohne Murren und wurde immer schöner und kraftvoller, während die Stiefmutter und ihre Töchter vor Missgunst immer magerer und hässlicher wurden. Dabei saßen sie immer da mit den Händen im Schoß, ganz wie die feinen Damen. Und wie ging das wohl zu?

Die Puppe half Wassilissa! Ohne sie hätte das Mädchen mit der Arbeit nicht fertig werden können. Dafür aß Wassilissa oft selbst nichts und hob die besten Bissen auf, und wenn abends alle zur Ruhe gegangen waren, sperrte sie sich in ihrem Kämmerchen ein, bewirtete ihre Puppe und sprach: »Hier, mein Püppchen, iss und hör mich klagen! Ich wohne im Haus meines Vaters und habe ein hartes Leben. Die böse Stiefmutter quält mich zu Tode. Lehre du mich, wie soll ich leben und was soll ich tun?«

Die Puppe aß, gab Wassilissa guten Rat, tröstete sie und machte am nächsten Morgen alle Arbeit für sie. Wassilissa konnte spazieren gehen und Blumen pflücken, trotzdem waren die Beete rechtzeitig gejätet, der Kohl gegossen, das Wasser getragen und der Ofen geheizt. Die Puppe lehrte sie überdies, die verschiedenen Kräuter richtig zu verwenden. Wassilissa hatte es gut mit ihrer Puppe!

So vergingen einige Jahre, Wassilissa wuchs heran und war nun im besten Heiratsalter. Alle jungen Männer des Dorfes warben um sie, die Töchter der Stiefmutter aber beachtete niemand. Da wurde die Stiefmutter noch böser als zuvor und sagte allen: »Ich gebe die Jüngste nicht vor den Älteren aus dem Haus.« Sie schickte die Brautwerber fort, ihren Zorn aber ließ sie an Wassilissa aus und schlug sie.

Einmal musste der Kaufmann in Geschäften für lange Zeit verreisen. Da zog die Stiefmutter in ein anderes Haus um, das stand nahe an einem dichten Wald. Inmitten des Waldes aber gab es eine Lichtung, auf der stand ein Häuschen, und in diesem Häuschen wohnte die Baba Jaga. Sie ließ niemanden zu sich herein und fraß Menschen, als wären es Hühnchen. Sobald sie in das neue Haus umgezogen waren, schickte die Stiefmutter die ihr verhasste Wassilissa immer wieder unter einem Vorwand in den Wald. Die kehrte aber jedes Mal wohlbehalten zurück, denn die Puppe zeigte ihr den richtigen Weg, damit sie nicht in die Nähe des Häuschens der Baba Jaga kam.

So wurde es Herbst. Die Stiefmutter gab allen drei Mädchen ihre Arbeiten für den Abend: Die eine musste Spitzen klöppeln, die zweite Strümpfe stricken und Wassilissa musste spinnen. Darauf löschte sie das Licht im ganzen Haus und ließ nur dort, wo die Mädchen arbeiteten, eine Kerze brennen. Dann legte sie sich schlafen und die Mädchen machten ihre Handarbeiten. Auf einmal begann die Kerze zu flackern und eine von den Töchtern der Stiefmutter nahm die Schere, als wolle sie den Docht richten. Dabei löschte sie wie aus Versehen die Flamme aus, wie die Mutter es ihr befohlen hatte. »Was sollen wir jetzt machen?«, fragten die Mädchen. »Im ganzen Haus brennt kein Licht und unsere Arbeit ist noch nicht fertig. Wir müssen Feuer bei der Baba Jaga holen!«

»Mir leuchten die Stecknadeln, ich gehe nicht«, sagte die Schwester, die Spitzen klöppelte.

»Ich gehe auch nicht«, sagte die zweite, »mir geben die Stricknadeln Licht genug.«

»Du musst gehen und Feuer holen«, riefen da beide, »gehe du zur Baba Jaga!« Und damit stießen sie Wassilissa aus der Stube.

Wassilissa ging in ihr Kämmerchen, gab ihrer Puppe zu essen und sagte: »Hier, mein Püppchen, iss und hör mich klagen. Sie schicken mich zur Baba Jaga, um Feuer zu holen. Bestimmt wird die Baba Jaga mich auffressen.« Die Puppe aß und ihre Augen leuchteten wie zwei Kerzen: »Fürchte dich nicht, Wassilissa!«, sagte sie. Mach, was sie dir gesagt haben, nur nimm mich immer mit dir. Solange ich bei dir bin, wird dir bei der Baba Jaga nichts Böses geschehen.«

Wassilissa steckte die Puppe in ihre Tasche, bekreuzigte sich und ging zitternd vor Angst in den finsteren Wald. Plötzlich sprengte ein Reiter an ihr vorbei, sein Gesicht war weiß, seine Kleider waren weiß, sein Pferd war weiß und das Zaumzeug war weiß – und sogleich begann es zu tagen. Sie ging weiter, da sprengte plötzlich ein anderer Reiter vorbei, sein Gesicht war rot, sein Pferd war rot und seine Kleider waren rot – und sogleich ging die Sonne auf. Wassilissa lief den ganzen Tag weiter und erst am nächsten Abend erreichte sie die Lichtung, auf der das Häuschen der Baba Jaga stand. Der Zaun rund um das Haus war aus Menschenknochen, auf den Zaunpfählen steckten Menschenschädel mit leeren Augen, statt der Türangeln gab es Menschenfüße, statt der Riegel Hände und als Türschloss war ein Mund mit scharfen Zähnen angebracht. Vor Schreck blieb Wassilissa wie angewurzelt stehen. Plötzlich sprengte wieder ein Reiter vorbei, sein Gesicht war schwarz, sein Pferd war schwarz und seine Kleider waren schwarz. Er ritt zum Tor der Baba Jaga und verschwand dann, als hätte ihn die Erde verschluckt – und sogleich wurde es Nacht. Die Dunkelheit dauerte aber nicht lange, in allen Totenschädeln auf dem Zaun glühten die Augenhöhlen auf und es wurde auf der Lichtung hell wie am Tag. Wassilissa zitterte vor Angst, blieb aber stehen, da sie nicht wusste, wohin sie hätte fliehen sollen.

Auf einmal erhob sich im Wald ein schrecklicher Lärm. Die Bäume krachten, die trockenen Blätter raschelten: Die Baba Jaga kam aus dem Wald zurück! Sie fuhr in ihrem Mörser, trieb ihn mit dem Stößel an und verwischte ihre Spur mit dem Besen. Beim Tor hielt sie an, schnupperte und rief: »Pfui, pfui, hier riecht es nach Russen! Wer ist hier?« Angsterfüllt trat Wassilissa vor sie hin, verneigte sich tief und sagte: »Ich bin es, Großmutter, die Stiefschwestern schicken mich zu dir, um Feuer zu holen.«

»Schon gut«, sagte die Baba Jaga, »ich kenne die beiden. Bleibe du bei mir und arbeite für mich, dann werde ich dir Feuer geben. Und willst du nicht, so fresse ich dich auf.« Dann wandte sie sich an das Tor und rief: »He, meine starken Riegel, öffnet euch, und du, mein starkes Tor, spring auf!« Das Tor sprang auf und die Baba Jaga fuhr brausend in den Hof hinein. Wassilissa ging hinter ihr her und das Tor schlug wieder zu. Im Zimmer reckte sich die Baba Jaga und sagte zu Wassilissa: »Bring mir, was im Ofen steht, ich will essen!«

Wassilissa entzündete einen Span an den Totenschädeln auf dem Zaun und holte dann das Essen aus dem Ofen. Sie tischte es der Baba Jaga auf – und es hätte für ein gutes Dutzend Menschen gereicht. Aus dem Keller holte sie Kwass, Honigbier und Wein. Die Alte aß alles auf und trank alles leer. Für Wassilissa blieb nur ein Restchen Kohlsuppe, ein Kanten Brot und ein Stückchen Schweinefleisch. Dann legte die Baba Jaga sich schlafen und sagte zu Wassilissa: »Wenn ich morgen früh fortfahre, feg du den Hof und das Haus, koch das Essen und wasch die Wäsche. Dann sollst du aus dem Speicher ein Viertel Scheffel Weizen holen und die schwarzen Körner auslesen. Sieh zu, dass du fertig bist, bevor ich nach Hause komme, sonst fresse ich dich auf!« Und kaum hatte sie ihre Befehle erteilt, begann sie zu schnarchen.

Wassilissa stellte die Reste des Essens vor die Puppe und sagte: »Hier, mein Püppchen, iss und hör mich klagen! Eine schwere Arbeit hat die Baba Jaga mir aufgetragen und sie will mich auffressen, wenn ich nicht alles zu ihrer Zufriedenheit erledige. Hilf mir!«

»Fürchte dich nicht, Wassilissa. Iss zu Abend, bete und leg dich dann schlafen. Der Morgen ist klüger als der Abend!«

Früh am nächsten Morgen erwachte Wassilissa, die Baba Jaga war schon aufgestanden und schaute zum Fenster hinaus. Gerade verloschen in den Schädeln auf dem Zaun die Augen, da sprengte der weiße Reiter vorbei – und es begann zu tagen. Die Baba Jaga trat in den Hof und pfiff. Sogleich standen der Mörser mit dem Stößel und der Besen vor ihr. Da sprengte der rote Reiter vorbei – und die Sonne ging auf. Die Baba Jaga setzte sich in ihren Mörser und fuhr davon, mit dem Stößel trieb sie ihn an und die Spur verwischte sie mit dem Besen.

Wassilissa blieb allein zurück, besah das Haus der Baba Jaga, staunte über all den Reichtum, den sie sah, und überlegte, mit welcher Arbeit sie beginnen sollte. Aber da sah sie, dass alle Arbeit schon gemacht war. Die Puppe las eben die letzten Weizenkörner aus. »Oh, du meine Retterin«, sagte Wassilissa, »du hilfst mir aus großer Not.«

»Du musst nur noch das Essen kochen«, entgegnete die Puppe und kletterte wieder in Wassilissas Tasche zurück. »Koche es mit Gottes Hilfe und ruh dich dann aus.«

Abends deckte Wassilissa den Tisch und erwartete die Baba Jaga. Es begann zu dämmern, da sprengte der schwarze Reiter vorbei – und sogleich wurde es ganz finster, nur die Augen in den Totenschädeln begannen zu glühen. Die Bäume zitterten, die Blätter raschelten – die Baba Jaga fuhr mit ihrem Mörser in den Hof und Wassilissa trat ihr entgegen. »Hast du alle Arbeit erledigt?«, fragte die Baba Jaga.

»Sieh selbst nach, Großmutter«, antwortete Wassilissa.

Die Baba Jaga sah überall nach, ärgerte sich ein wenig, dass sie nichts zu tadeln fand, und sagte: »Schon gut.« Dann rief sie: »Treue Diener, Herzensfreunde, mahlt meinen Weizen!« Sofort erschienen drei Paar Hände, ergriffen den Weizen und trugen ihn fort.

Die Baba Jaga aß zu Abend und erteilte Wassilissa vor dem Einschlafen wieder Befehle: »Morgen früh sollst du dasselbe machen wie heute, aber außerdem nimm noch den Mohn, der auf dem Speicher steht, und reinige ihn Körnchen um Körnchen! Jemand hat aus Bosheit Erde daruntergemischt!« Kaum hatte die Alte das gesagt, drehte sie sich zur Wand und schnarchte.

Wassilissa fütterte sogleich ihre Puppe. Die Puppe aß und sagte wie am Vortag: »Bete und leg dich schlafen. Der Morgen ist klüger als der Abend, alles wird gemacht sein, Wassilissa!«

Am Morgen fuhr die Baba Jaga wieder fort und Wassilissa erledigte mithilfe der Puppe die ganze Arbeit. Die Alte kam zurück, besichtigte alles und rief: »Treue Diener, Herzensfreunde, holt den Mohn und presst das Öl heraus!« Da kamen wieder die drei Paar Hände, ergriffen den Mohn und trugen ihn fort. Die Baba Jaga setzte sich zum Essen nieder und Wassilissa stand schweigend neben ihr. »Warum sprichst du nicht mit mir, sondern stehst da, als wärst du stumm?«, fragte die Baba Jaga.

»Ich habe mich nicht getraut, aber wenn du erlaubst, möchte ich dich gerne etwas fragen.«

»Frage, doch nicht jede Frage führt zum Guten. Wer viel weiß, wird früh alt!«

»Ich möchte dich nur über das fragen, was ich gesehen habe, Großmutter. Als ich zu dir ging, überholte mich ein weißer Reiter in weißen Kleidern auf einem weißen Pferd, wer war das?«

»Das war mein heller Tag!«

»Dann überholte mich ein roter Reiter auf einem roten Pferd und in roten Kleidern, wer war das?«

»Das war meine rote Sonne!«

»Und was bedeutet der schwarze Reiter, der mich gerade vor deinem Tor überholte, Großmutter?«

»Das war meine dunkle Nacht. Sie alle sind meine treuen Diener!«

Wassilissa dachte an die drei Paar Hände und schwieg. »Weshalb fragst du nicht weiter?«, sagte die Baba Jaga.

»Ich weiß genug. Du hast doch selbst gesagt: Wer viel weiß, wird früh alt.«

»Es ist gut, dass du nur danach gefragt hast, was du draußen vor dem Zaun gesehen hast, und nicht nach Dingen hier drinnen auf meinem Hof. Ich mag es nicht, wenn man den Kehricht aus dem Haus trägt, und die allzu Vorwitzigen fresse ich auf. Jetzt aber will ich dich etwas fragen: Wie schaffst du es, all die Arbeit zu verrichten, die ich dir auftrage?«

»Mir hilft der Segen meiner Mutter«, antwortete Wassilissa.«

»Ach, so ist das! Mach, dass du fortkommst, gesegnete Tochter! Gesegnete mag ich nicht!« Sie zerrte Wassilissa aus der Stube und stieß sie zum Tor hinaus. Dann nahm sie einen Schädel mit glühenden Augen vom Zaun, steckte ihn auf einen Stab, gab ihn Wassilissa und sagte: »Da hast du Feuer für die Töchter der Stiefmutter, deshalb haben sie dich doch zu mir geschickt!«

Wassilissa lief so schnell sie konnte nach Hause, der Schädel leuchtete ihr und erlosch erst im Morgengrauen. Am Abend des nächsten Tages erreichte sie endlich das Haus der Stiefmutter. Dort wollte sie den Totenkopf gerade wegwerfen, da hörte sie eine dumpfe Stimme aus dem Schädel: »Wirf mich nicht weg, Wassilissa, bring mich der Stiefmutter!« Sie schaute zum Haus und da sie in keinem Fenster Licht sah, entschloss sie sich, mit dem Schädel hineinzugehen. Drinnen wurde sie zum ersten Mal freundlich empfangen und die Schwestern erzählten ihr, dass seit der Zeit, da sie fort war, im ganzen Haus kein Feuer brennen wollte. Ihnen selbst gelang es nicht, Feuer zu schlagen, und wenn sie welches von den Nachbarn holten, erlosch es, sobald sie es in die Stube trugen. »Vielleicht wird dein Feuer brennen!«, sagte die Stiefmutter.

Sie brachten den Schädel in die Stube und die glühenden Augen richteten sich unverwandt auf die Stiefmutter und ihre Töchter und versengten sie! Sie konnten sich verstecken, wo sie wollten, die Augen folgten ihnen überall hin. Als es zu tagen begann, waren sie ganz zu Kohle verbrannt, nur Wassilissa war unversehrt geblieben.

Am Morgen begrub Wassilissa den Schädel, sperrte das Haus ab und ging in die Stadt. Dort bat sie eine arme alte

Frau, die alleine lebte, bis zur Heimkehr ihres Vaters bei ihr bleiben zu dürfen.

Sie waren schon eine Weile zusammen, da sagte eines Tages Wassilissa zu der Alten: »Mütterchen, so ohne Arbeit herumzusitzen langweilt mich! Geh und kauf mir vom allerbesten Flachs, ich möchte spinnen.« Die Alte lief und kaufte guten Flachs und Wassilissa machte sich an die Arbeit. Das Spinnen ging ihr leicht von der Hand und der Faden wurde glatt und fein wie ihr Haar. Bald hatte sie eine Menge Garn gesponnen und wollte anfangen zu weben. Es fand sich jedoch kein Weberkamm, der für Wassilissas Garn fein genug gewesen wäre, und niemand traute sich zu, einen solchen Weberkamm zu machen. Da wandte Wassilissa sich an ihre Puppe und die sagte: »Bring mir einen alten Kamm, dazu ein altes Schiffchen und Pferdemähne, ich werde dir einen Webstuhl bauen.«

Wassilissa ging zu Bett und die Puppe fertigte in der Nacht einen Webstuhl. Am Ende des Winters war das Linnen gewebt und es war so fein, dass man es wie einen Faden durch ein Nadelöhr ziehen konnte. Im Frühjahr bleichten sie das Linnen und Wassilissa sagte zu der Alten: »Verkaufe nun diesen Stoff und behalte das Geld für dich.« Die Alte sah die Ware an und war voller Bewunderung: »Nein, mein Kindchen«, rief sie, »einzig dem Zaren steht es zu, solch kostbares Linnen zu tragen. Ich bringe es in den Palast.« So ging die Alte zum Zarenpalast und dort lief sie vor dem Fenster immerzu auf und ab. Der Zar erblickte sie und fragte: »Was willst du, Großmütterchen?«

»Großmächtiger Zar, ich bringe hier einen wundervollen Stoff, den will ich niemandem zeigen, außer dir.«

Der Zar befahl, dass man die Alte vorlassen solle, und

kaum hatte er das Linnen gesehen, da war er ganz hingerissen. »Was willst du dafür haben?«, fragte er. »Es ist unbe-
zahlbar, Väterchen Zar, ich bringe es dir als Geschenk.«

Da bedankte sich der Zar und entließ die Alte reich
belohnt. Nun wollte der Zar Hemden aus dem Linnen
nähen lassen, aber er fand keine Näherin, die diese Arbeit
ausführen konnte. Lange suchte der Zar vergeblich, endlich ließ er die Alte kommen und sagte: »Wenn du dieses
Linnen spinnen und weben konntest, so kannst du mir
auch ein Hemd daraus nähen.«

»Nicht ich, Herr, habe das Linnen gesponnen und gewebt«, sagte die Alte, »sondern ein Mädchen, das ich bei
mir aufgenommen habe.«

»Nun, dann soll sie auch die Hemden daraus nähen!«

Die Alte ging nach Hause und erzählte Wassilissa alles.
»Ich wusste, dass diese Arbeit für mich bestimmt ist«, sagte
Wassilissa, sperrte sich in ihr Stübchen ein, begann zu
nähen und legte die Hände nicht eher in den Schoß, bis
sie ein Dutzend Hemden fertig hatte.

Die Alte brachte die Hemden dem Zaren. Wassilissa
aber wusch und kämmte sich, zog ihre besten Kleider an
und setzte sich ans Fenster. So saß sie und wartete.

Da sah sie, wie ein Diener des Zaren in den Hof kam.
Er trat in die Stube und sagte: »Der Zar will die vortreff-
liche Näherin sehen, die ihm die Hemden nähte, und sie
mit eigener Hand belohnen.« Also machte Wassilissa die
Wunderschöne sich auf und ging zum Zaren. Als der Zar
sie erblickte, verliebte er sich über die Maßen in sie. »Nein,
du meine Schöne«, rief er, »ich trenne mich nicht mehr
von dir, du sollst meine Frau sein!« Und der Zar nahm
Wassilissa bei ihren weißen Händen, setzte sie neben sich
und dann wurde Hochzeit gefeiert.

Bald darauf kehrte auch Wassilissas Vater zurück. Er freute sich über das Glück seiner Tochter und lebte von da an bei ihr. Auch die alte Frau nahm Wassilissa zu sich. Die Puppe aber trug sie immer in der Tasche bis zu ihrem Lebensende.

ZOTTELHAUBE

Norwegen

Es waren einmal ein König und eine Königin, die bekamen keine Kinder, und darüber war die Königin so betrübt, dass sie kaum jemals eine frohe Stunde hatte. Ständig klagte sie, dass es so einsam und still im Schloss sei: »Wenn wir nur Kinder hätten, dann gäbe es Leben genug hier.«

Wo immer sie in ihrem ganzen Reich hinkam, fand sie Kindersegen, sogar in der armseligsten Hütte. Und überall hörte sie die Mütter über ihre Kinder schimpfen, sie hätten wieder dies oder jenes angestellt. Das fand die Königin vergnüglich und wollte es auch so haben.

Eines Tages ging die Königin hinunter in den Schlosshof und sah dort in einer Ecke ein zerlumptes kleines Bettelmädchen spielen. »Scher dich fort«, rief die Königin dem Bettelkind zu. »Wenn die Frau Königin wüsste, was meine Mutter kann, so würde sie mich nicht jagen«, sagte das kleine Mädchen, und als die Königin sie genauer ausfragte, erzählte sie, dass ihre Mutter der Königin Kinder verschaffen könne. Das wollte die Königin nicht glauben, aber das Mädchen blieb dabei und sagte, jedes Wort sei wahr, und die Königin solle nur versuchen, die Mutter dazu zu bringen. Da hieß die Königin das kleine Mädchen hinuntergehen und die Mutter holen.

»Weißt du, was deine Tochter sagt?«, fragte sie die Frau.

Nein, die Bettlerin wusste es nicht. »Sie sagt, dass du mir Kinder verschaffen kannst, wenn du willst«, sagte die Königin wieder. »Das schickt sich nicht für die Königin, darauf zu hören, was einem Bettelkind in den Sinn kommt«, sagte die Frau und ging wieder hinaus.

Da wurde die Königin zornig und wollte beinahe das kleine Mädchen hinunterjagen, aber die versicherte, es sei alles aufs Wort wahr. »Die Königin sollte meiner Mutter nur tüchtig einschenken, dass sie auftaut, dann wird sie Rat genug wissen«, sagte das Mädchen. Das wollte die Königin probieren. Die Bettlerin wurde noch einmal heraufgeholt und bekam Wein und Met eingeschenkt, so viel sie haben wollte, und da dauerte es nicht lange, bis ihr die Zunge gelöst war. Da kam die Königin wieder mit ihrem Anliegen.

Einen Rat wisse sie wohl, sagte die arme Frau: »Die Königin soll am Abend, wenn sie sich schlafen legen will, zwei Schüsseln mit Wasser hereintragen lassen. Darin soll sie sich waschen und das Wasser dann unter das Bett ausschütten. Wenn sie dann am anderen Morgen nachsieht, so sind da zwei Blumen gewachsen, eine schöne und eine hässliche. Die schöne soll sie verspeisen, die hässliche jedoch soll sie stehen lassen. Aber vergesst das letzte nicht!«, sagte die Frau.

Die Königin tat, wie die Bettlerin ihr geraten hatte. Sie ließ Wasser in zwei Schüsseln heraufbringen, wusch sich darin und schüttete das Wasser unter das Bett aus, und als sie am Morgen nachsah, standen zwei Blumen da: Die eine war hässlich und garstig und hatte schwarze Blätter, die andere aber war so hell und schön, dass sie niemals so etwas Schönes gesehen hatte, und diese Blume aß die Königin schnell auf. Aber sie schmeckte ihr so gut, dass sie nicht anders konnte, als die andere auch zu essen. ›Es wird weder schaden noch nützen‹, dachte sie.

Nach einer Weile kam die Königin ins Kindbett. Zuerst brachte sie ein Mädchen zur Welt, das hatte einen Holzlöffel in der Hand und ritt auf einem Bock. Das Mädchen war hässlich und garstig, und kaum war es auf der Welt, so rief es: »Mama!«

»Gott helfe mir, wenn ich deine Mutter sein soll«, sagte die Königin.

»Mach dir keine Sorgen deswegen, es kommt gleich noch ein Kind, das ist schöner«, sagte das, das auf dem Bock ritt. Und darauf brachte die Königin noch ein Mädchen zur Welt, das war so schön und lieblich, dass man nie ein so schönes Kind gesehen hatte, und man kann sich vorstellen, dass die Königin sich darüber besonders freute.

Die Älteste nannten sie Zottelhaube, weil sie so schlampig und hässlich war und eine Kappe trug, die ihr in Zotteln ums Gesicht hing. Die Königin wollte nichts von ihr wissen und die Zofen versuchten immer, sie in ein anderes Zimmer wegzusperren. Aber das half alles nichts: Wo die Jüngste war, wollte Zottelhaube auch sein, und die beiden waren nicht zu trennen.

Wie die Mädchen halbwüchsig waren, geschah es am Weihnachtsabend, dass sich ein ganz fürchterlicher Lärm und Trubel auf dem Hausgang vor der Stube der Königin erhob. Zottelhaube fragte, was das sei, das auf dem Gang so knurre und poltere. »Das ist nicht der Mühe wert, dass du fragst«, sagte die Königin. Aber Zottelhaube gab nicht nach, sie wollte wissen, was los sei, und so erzählte ihr die Königin, das seien die Trollweiber, die da draußen ihre Julfeier hielten. Da sagte Zottelhaube, sie wolle hinaus und sie jagen, und wie sie auch baten, sie möchte das doch nicht tun, es half gar nichts. Sie wollte und musste hinaus, um die Trollweiber zu jagen. Nur bat sie, die Königin solle alle Türen gut verriegelt halten, sodass nicht eine einzige auch nur angelehnt sei.

Damit ging sie hinaus und machte sich daran, die Trollweiber zu jagen und zu hetzen, und da war ein solcher Lärm auf dem Hausgang, wie ihr niemals einen gehört habt. Es knarrte und krachte, als ob das Haus aus allen Fugen gehen wollte. Aber wie es nun gekommen sein mochte, die eine Tür stand nur angelehnt und jetzt wollte die Schwester hinausschauen und sehen, wie es Zottelhaube erging, und steckte den Kopf durch den Türspalt. Ratsch, da kam eine Trollhexe, riss ihr den Kopf ab und setzte ihr stattdessen einen Kalbskopf auf, und stracks ging die Prinzessin wieder hinein in die Stube und brüllte wie ein Kalb.

Als Zottelhaube wieder hineinkam und die Schwester erblickte, schimpfte sie und wurde böse, dass man nicht besser auf sie aufgepasst hatte, und fragte, ob sie es für schön hielten, dass die Schwester in ein Kalb verwandelt worden sei. »Aber ich will doch sehen, ob ich sie nicht erlösen kann!«, sagte sie.

Sie verlangte vom König ein Schiff, gut ausgerüstet und reisefertig, aber einen Steuermann und eine Mannschaft wollte sie nicht haben. Sie wollte mit ihrer Schwester ganz allein fortgehen und schließlich mussten sie ihr ihren Willen lassen.

Zottelhaube fuhr fort und steuerte gleich auf das Land zu, wo die Trollhexen wohnten. Als sie in den Hafen gekommen waren, sagte sie ihrer Schwester, sie solle auf dem Schiff bleiben und sich ganz still verhalten. Zottelhaube selbst aber ritt auf ihrem Bock hinauf zum Schloss der Trollhexen.

Wie sie näher kam, sah sie ein offenes Saalfenster, und auf dem Fensterbrett stand der Kopf ihrer Schwester. Da ritt sie in vollem Schwung in den Hausgang, packte den Kopf und machte sich mit ihm davon. Die Trollhexen kamen hinterher und wollten den Kopf wiederhaben, und sie kamen so dicht an sie heran, dass es nur so schwärmte und schwirrte. Aber der Bock knuffte und stieß mit den Hörnern, und sie selbst schlug und hieb mit dem Holzlöffel drein, und schließlich musste der Trollschwarm sich besiegt geben.

Zottelhaube kam zum Schiff zurück, nahm der Schwester den Kalbskopf ab und setzte ihr den eigenen Kopf wieder auf, sodass sie wieder ein Mensch wurde wie vorher. Dann legten sie ab mit ihrem Schiff und fuhren weit, weit fort übers Meer, bis sie in ein fremdes Königreich kamen.

Der König dort war ein Witwer und hatte nur einen einzigen Sohn. Wie er das fremde Schiff zu Gesicht bekam, sandte er Leute an den Strand, um zu hören, wo es her sei und wem es gehöre. Aber als sie an den Strand hinunterkamen, sahen sie keine lebende Seele auf dem Schiff außer Zottelhaube. Die ritt auf dem Deck hin und her auf ihrem Bock, dass die Haarsträhnen ihr nur so um den Kopf flogen. Die Leute vom Hof waren höchst verwundert über den Anblick und fragten, ob denn sonst niemand an Bord sei. Doch, sie hätte eine Schwester bei sich, sagte Zottelhaube. Da wollten die Leute sie sehen, aber Zottelhaube sagte: »Nein, es bekommt sie keiner zu sehen außer dem König«, und sie ritt auf ihrem Bock herum, dass das Deck dröhnte.

Wie nun die Diener wieder zum Schloss kamen und berichteten, was sie von dem Schiff gesehen und gehört hätten, machte sich der König stracks auf den Weg, um die zu sehen, die da auf dem Bock ritt.

Als er bei dem Schiff ankam, führte Zottelhaube ihre Schwester heraus, und die war so schön und lieblich, dass der König sich auf der Stelle in sie verliebte. Er lud sie beide zu sich auf sein Schloss ein, und die Schwester wollte er zu seiner Königin machen. Zottelhaube aber sagte, der König könne ihre Schwester auf gar keinen Fall heiraten, wenn nicht sie selbst den Königssohn bekomme.

Begreiflicherweise wollte der Königssohn höchst ungern einen so hässlichen Kobold wie Zottelhaube heiraten, aber der König und alle im Schloss redeten ihm so lange zu, bis er endlich nachgab und versprach, er werde sie zur Frau nehmen. Er tat dies jedoch nur gezwungenermaßen und war sehr traurig.

Nun wurde die Hochzeit vorbereitet mit Backen und Brauen, und als alles fertig war, sollten sie zur Kirche ziehen. Der Prinz aber empfand das als den schwersten Kirchgang, den er je in seinem Leben getan hatte.

Vorneweg im Hochzeitszug fuhr der König mit seiner Braut. Sie war so wunderschön, dass alle Leute stehen blieben und ihr nachsahen, solange sie sie noch erspähen konnten. Dahinter kam der Prinz geritten neben Zottelhaube, die auf ihrem Bock dahertrabte mit dem Holzlöffel in der Faust. Der Königssohn sah mehr danach aus, als ob er zu einem Begräbnis sollte als zu seiner eigenen Hochzeit. So betrübt war er und er sprach nicht ein einziges Wort.

»Warum sagst du denn nichts?«, fragte Zottelhaube, als sie ein Stück Wegs geritten waren.

»Was soll ich denn sagen?«, antwortete der Prinz.

»Du kannst ja fragen, warum ich auf dem hässlichen Bock reite«, sagte Zottelhaube.

»Warum reitest du auf dem hässlichen Bock?«, fragte der Königssohn.

»Ist das ein hässlicher Bock? Das ist das schönste Pferd, auf dem eine Braut je geritten ist!«, sagte Zottelhaube, und in dem Augenblick verwandelte sich der Bock in ein Pferd, wie der Königssohn sein Lebtag noch kein prächtigeres gesehen hatte.

Jetzt ritten sie wieder ein Stück, aber der Prinz war ganz gleich traurig und konnte kein Wort herausbringen. Da fragte Zottelhaube noch einmal: »Warum sagst du denn gar nichts?«, und als der Prinz zur Antwort gab, dass er nicht wisse, wovon er reden solle, sagte sie: »Du kannst ja fragen, warum ich mit dem hässlichen Holzlöffel in der Hand reite?«

»Warum reitest du mit dem hässlichen Holzlöffel in der Hand?«, fragte der Prinz.

»Ist das ein hässlicher Holzlöffel? Das ist der schönste Silberfächer, den eine Braut nur haben kann«, sagte Zottelhaube, und sogleich wurde der Holzlöffel in einen glänzenden Silberfächer verwandelt, der nur so blitzte und blinkte.

So ritten sie noch ein Stück, aber der Königssohn war traurig wie zuvor und sprach kein Wort. Bald fragte Zottelhaube ihn wieder, warum er nicht rede, und diesmal sagte sie, er solle fragen, warum sie die hässliche graue Haube aufhabe.

»Warum hast du die hässliche graue Haube auf?«, fragte der Prinz.

»Ist das eine hässliche Haube? Das ist ja die blankste Goldkrone, die eine Braut nur haben kann«, gab Zottelhaube zur Antwort, und in dem gleichen Augenblick geschah die Verwandlung.

Nun ritten sie wieder eine lange Weile, und der Prinz war so traurig, dass er nur dasaß und den Kopf hängen ließ, ohne ein einziges Wort zu mucksen, wie zuvor. Da fragte ihn seine Braut wiederum, warum er nicht rede, und nun sollte er fragen, warum sie so grau und hässlich von Angesicht sei.

»Ja, warum bist du so grau und hässlich von Angesicht?«, fragte der Königssohn.

»Bin ich hässlich? Du meinst, meine Schwester sei schön, aber ich bin noch zehnmal schöner«, sagte die Braut. Und als der Königssohn sie ansah, fand er, es könne keine schönere Frau mehr geben in der Welt als sie. Also ist es begreiflich, dass der Prinz seinen Mund wiederfand und nicht länger den Kopf hängen ließ.

So feierten sie Hochzeit, schön und lange, und dann zogen der König und der Prinz, jeder mit seiner jungen Frau, zum Vater der Königstöchter. Und da feierten sie aufs Neue Hochzeit, sodass das Fest kein Ende nehmen wollte. Lauf geschwind aufs Schloss, da ist immer noch ein Tropfen vom Brautbier übrig.

SOEN VROEN VRIMPENTOEN

Dänemark

Es war einmal ein sehr armer Mann, der wohnte mit seiner einzigen Tochter, die Drud hieß, allein in einer erbärmlichen kleinen Hütte. Sie waren so arm, dass sie sich nicht einmal eine kleine Glasscheibe in der Wand leisten konnten. Sie hatten nichts weiter als eine Luke, die sie am Tage öffnen konnten, um ein bisschen Licht in die Stube zu lassen.

Da geschah es einmal, dass der Vater zur Arbeit gegangen war und nicht vor dem Abend zurückkommen wollte. Die Tochter hatte ihm versprochen, bei seiner Heimkehr einen Topf Mehlgrütze für ihn bereitzuhalten.

Als es nun Nachmittag wurde, musste sie an die Grütze denken und wollte mit dem Kochen anfangen. Sie holte ihren einzigen Topf hervor und wusch ihn draußen am Brunnen gründlich aus, aber als sie gerade damit fertig war, entglitt ihr der Topf und zersprang auf den Steinen. Da wusste sie weder aus noch ein, sie klagte und jammerte – was sollte sie nur machen? Wenn nun der Vater hungrig nach Hause kam, dann hatte sie nichts für ihn zu essen. Schließlich setzte sie sich auf den Herd und weinte.

Doch als sie eine Weile so gesessen hatte, da sah sie eine Hand, die durch die Luke in der Wand einen Topf steckte – und wer immer der Besitzer dieser Hand sein mochte, er sagte nichts. Da freute sich Drud sehr, nahm den Topf entgegen und bedankte sich, obgleich die Hand, die ihn hielt, furchtbar groß und behaart und hässlich war, ja, es klebte sogar ein bisschen Blut daran.

Sie wusch den Topf ganz gründlich aus und fing nun an, Mehlgrütze für den Vater zu kochen. Als die Grütze fertig war, nahm sie den heißen Topf vom Feuer und wollte ihn in das Bett stellen, damit er warm blieb, bis der Vater nach Hause kam. Aber gerade als sie ihn anfassen wollte, sprang er herunter auf den Fußboden und eilte auf seinen drei Beinen zur Tür hinaus. Das Mädchen lief hinter ihm drein.

»Ach, wart ein wenig, lieber Topf, und lass mich die Grütze ausschöpfen!«, rief sie ihm weinend nach.

»Nein, ich will nicht«, sagte der Topf und lief weiter. Er lief so schnell, dass Drud ihm nur mit knapper Not folgen konnte, doch erreichen konnte sie ihn nicht. Sie lief immer weiter hinter ihm her, bis sie nicht mehr wusste, wo sie war, denn die Gegend war ihr ganz fremd. Schließlich und endlich hielt der Topf vor dem Tor eines großen, prächtigen Schlosses mit goldenen Turmspitzen und Seitenflügeln an.

»Hier wohnt der Kaiser«, sagte der Topf, »und jetzt, kleines Mädchen, sollst du zu ihm ins Schloss gehen und um seinen Sohn freien.«

»Ja, und darf ich dann die Grütze für den Vater haben?«, fragte Drud.

»Du sollst noch viel mehr bekommen«, entgegnete der Topf.

»Aber was soll ich denn sagen?«, fragte das Mädchen weiter.

»Du sollst fragen«, antwortete der Topf, »ob du seinen Sohn zum Mann bekommen kannst, denn dein Vater hat ein Schloss mit sieben vergoldeten Flügeln.«

»Aber das kann ich doch nicht sagen«, erwiderte Drud, »das ist doch nicht wahr.«

»Mach dir nichts draus«, sagte der Topf, »es soll schon wahr werden. Geh nur, dein Vater sitzt zu Hause und hat großen Hunger.« Da ging Drud hinein zum Kaiser. Sie war vor Scham den Tränen nahe, aber sie sagte doch: »Guten Tag, Kaiser! Habt Ihr nicht einen Sohn, den ich zum Mann bekommen kann, denn mein Vater hat ein Schloss mit sieben vergoldeten Flügeln.«

»So, so, hat er das wirklich?«, sagte der Kaiser. »Sieben vergoldete Flügel – Donnerwetter!« Im selben Augenblick kam der Sohn herein und als er Drud sah, war er ganz überwältigt, so jung und schön war sie. Da sagte er zum Vater, sie und keine andere wolle er zur Frau, und der Vater, der alte Kaiser, musste sich dreinfinden.

Nun wurde mit großer Pracht und Herrlichkeit zur Hochzeit gerüstet. Das Mädchen konnte dem Vater zu Hause jetzt zwar keine Mehlgrütze kochen, aber später sollte es ihm dafür umso besser ergehen, dachte sie.

Als sie nun am Hochzeitstag Mann und Frau geworden waren, sagte der Kaiser, sie sollten nun alle zu dem Schloss mit den sieben vergoldeten Flügeln fahren, dort wollten sie die Hochzeit beschließen. Sie fuhren auch los und der Topf lief auf seinen drei Beinen voran und zeigte den Weg. Jedes Mal, wenn sie an eine Pfütze kamen, sah es aus, als müsste er mit seinen kurzen Beinchen im Schlamm stecken bleiben, und Drud hatte große Angst, dass sie ihn überfahren könnten – denn wie sollten sie dann das Schloss mit den sieben vergoldeten Flügeln finden?

Endlich entdeckte sie in weiter Ferne ein Schloss, aber sie hatte die Befürchtung, es wäre nicht das richtige. Doch bald sah sie die blitzenden Flügel und da freute sie sich.

Sie fuhren in den Hof und da waren viele Diener, die sie empfingen und ihnen aufwarteten, und in der Küche wurde gebraten und gebrutzelt, dass es kein Ende nahm. Sie wurden zu Tisch gebeten und aßen und tranken und waren vergnügt und dann begann im großen Saal der Tanz.

Als nun die Nacht hereinbrach, war die Braut so müde geworden, dass sie nicht mehr tanzen konnte. Sie ging darum allein hinaus in den großen Garten vor dem Schloss. Lange ging Drud da umher und schließlich kam sie in einen entlegenen Winkel, weit vom Schloss entfernt.

Hier erblickte sie ein großes Feuer, das auf der Erde brannte, und über dem Feuer hing ein riesiger Kessel. Sie erschrak sehr, aber sie war auch neugierig, und deshalb schlich sie sich zwischen Büschen und Sträuchern fast bis an das Feuer heran. Da sah sie neben dem Kessel einen hässlichen, großen, dicken Riesen stehen, der hatte ein Auge mitten in der Stirn und trug eine dicke, zottige Felljacke. In der einen Hand hielt er ein Menschenbein, an dem er knabberte, und in der anderen Hand hatte er eine Kelle und rührte damit in dem großen Kessel, der mit Blut gefüllt war. Und dabei murmelte er:

»Ich heiße Soen
Vroen
Vrimpentoen
Drud
Kaiserbraut so kühn
Die hab ich und behalt ich
Nennt man meinen Namen nicht noch vor der
Sonne
So fress ich sie alle mit größter Wonne!«

Und dann murmelte er dasselbe wieder von vorn und rührte dabei immer weiter in dem kochenden Kessel. Da sprang Drud aus ihrem Versteck hervor und rief:

»Sagen wir deinen Namen nicht noch vor der
Sonne,
Willst du uns fressen mit größter Wonne?
Aber das soll nicht wahr sein, denn dein Name ist:
Soen
Vroen
Vrimpentoen
Drud
Kaiserbraut so kühn
Hast du nicht und kriegst du nicht!«

Als der Riese seinen Namen hörte, da wurde er so wütend, dass er platzte, und davon stammen all die vielen Feuersteine, die es ringsum gibt.

Jetzt begriff Drud, dass dieser Riese sie und alle anderen hatte in seine Gewalt locken wollen, indem er ihr seinen schlimmen Topf lieh. Und als die Hochzeitsgäste hörten, wie es ausgegangen war, da war auf dem Schloss mit den sieben vergoldeten Flügeln die Freude umso größer.

Sie tanzten die ganze lange Nacht, und sie tanzten in einem Schloss aus Papier. Da fiel ich hindurch, und ich fiel und fiel durch ganze sieben Stockwerke bis in die Küche zum Koch, aber der hat mit seiner Suppenkelle nach mir geschlagen, und da bin ich geradewegs hierhergeflogen, und darum kann ich euch die Geschichte jetzt erzählen.

DIE BÄRENPRINZESSIN

Bosnien

Eine arme Witwe hatte eine Tochter und sie plagte sich redlich, um das Mädchen großzuziehen. Bald wurde aus dem stillen Kind eine feine, bleiche junge Frau mit langen, glitzernden, feuerroten Haaren, weswegen sie »Flammenhaar« genannt wurde. Ihre schwarzen Augenbrauen bildeten einen einzigen langen Bogen, ihre Augen jedoch hatte noch niemand gesehen, da sie sie stets niederschlug. Flammenhaar war die Schönste weit und breit. Kaum war sie herangewachsen, hatte sie schon viele Freier, aber sie mochte keinen, sprach selten ein Wort und blickte stets nur vor sich hin.

Da wurde die Witwe böse und schimpfte mit ihrer Tochter: »Du bist jetzt erwachsen und ich habe es satt, für dich zu sorgen. Entscheide dich endlich für einen deiner Freier! Und wenn dir keiner recht ist, geh in den Wald und heirate einen Bären, dann kannst du Bärenkönigin werden. Bis dahin jedoch mach, dass du ins Holz kommst, und arbeite tüchtig.«

Das bleiche Mädchen schwieg und ging in den Wald, um dürres Holz zu suchen. Dabei verirrte sie sich und fand keinen Ausweg mehr aus dem wilden Gebirge. Traurig setzte sie sich auf eine Lichtung im Wald und dachte an die harten Worte der Mutter. Währenddessen spielten die Sonnenstrahlen mit dem wehenden Feuerhaar, das

wie eine brennende Fackel in das Waldesdunkel hinein-
leuchtete. Plötzlich fühlte sie sich weich umarmt und als
sie aufblickte, sah sie sich in der Gewalt eines mächtigen
Bären, der ein winziges Krönlein über der breiten Stirn
trug. Er sah sie freundlich mit klugen Augen an, hob sie
sacht auf und trug sie in seine Höhle, wo er die Müde auf
ein Lager von weichem Moos bettete. Dann ging er fort,
um Obst und Honig für sie zu holen, schob jedoch vorher
einen Felsblock vor den Eingang, damit sie nicht fliehen
könne. Aber sie dachte gar nicht daran, sondern saß still
und ruhig da, als ob sich jetzt ihr Schicksal erfüllt hätte.
Allmählich lernte sie das Gebrumme des Bären als dessen
Sprache verstehen, und er lehrte sie vieles, was nur die
Tiere des Waldes wissen und den Menschen wie Zauber
erscheint.

So wurde sie die Frau des Bärenkönigs nach der Mutter
Wort. Und nach einiger Zeit bekam sie ein süßes kleines
Töchterlein mit Goldhaaren und den hellen, klugen Augen des Bärenkönigs. Dieser blickte das Kind traurig an
und sagte zu seiner Frau: »Jetzt ist es vorbei, jetzt muss ich
sterben. Hättest du mir einen Sohn geboren, wäre er ein
Bär geworden wie ich und hätte mein Reich nach mir
geerbt. Aber ein menschliches Wesen kann das Bärenreich
nicht regieren, und meine Tochter wird daher in einem
Reich der Menschen Königin werden. Verbirg sie gut vor
meinem Nachfolger, denn ein Bärenkönig darf nur ein
menschliches Wesen heiraten. Nimmt er aber die Tochter
eines Bärenkönigs und schenkt die ihm keinen Sohn, so
muss sie selbst sterben. Und jetzt gehe ich für immer von
euch.«

Er nahm Abschied von der bleichen Frau und legte dem
Kind sein Krönlein in die Wiege. Dann kamen auch schon

in langer Reihe die Bären des Reiches daher, setzten ihn auf einen aus Zwergkiefern geflochtenen Thronsessel und trugen ihn feierlich zu einer Felsspalte, die tief hinein in das Berginnere führte. Der Bärenkönig blickte noch einmal um sich, dann schritt er stumm hinein in das Dunkel. Vor dem Felsspalt häuften die Bären gewaltige Steine übereinander und er war begraben, noch bevor er tot war. Denn die Tiere des Waldes verbergen stets ihr Sterben.

Die Witwe des Bärenkönigs legte allen Schmuck ab und hüllte sich in weiße Gewänder, die ihre feurigen Locken ganz verbargen. Still lebte sie in der Höhle weiter und pflegte ihr Töchterlein, das rasch zu einem schönen Mädchen heranwuchs. Sie verbarg die Tochter sorgfältig und wenn sie zuweilen tiefer in den Wald hineingehen musste, um Obst zu holen oder etwas anderes, so verwandelte sie das Mädchen in eine Kröte und gebot ihr, sich unter einem Stein zu verstecken.

Während nun die Tochter des Bärenkönigs in der Waldhöhle heranblühte, wuchsen dem König, dem das ganze Land gehörte, drei Söhne auf. Da wurde eines Tages die Königin schwer krank. Sie rief ihren Gemahl an ihr Lager und sagte ihm: »Ich bitte dich bei Gott, verheirate den ältesten Sohn nicht eher, bis auch die beiden jüngeren alt genug sind, um sich eine Frau nehmen zu können. Dann lass alle drei auf einmal Hochzeit feiern. Wenn du diesen meinen Willen nicht erfüllen willst, werde ich dich nicht segnen.«

Mit diesen Worten starb sie. Der König nahm sich vor, nach ihrem Willen zu handeln, und als auch der jüngste Sohn heiratsfähig war, rief er alle drei zu sich und sprach zu ihnen: »Ihr seid jetzt erwachsen und es ist der Wille eurer verstorbenen Mutter, dass ihr euch gleichzeitig vermählt. Geht also hinauf auf den alten Turm unserer Burg, und der Älteste möge dort ein Brett aus dem schwarzen Dach heben. Aus diesem Brett schnitzt drei gleiche Bogen und drei gleiche Pfeile und schießt diese durch die Lücke im Dach. Wo eure Pfeile niederfallen, dort werdet ihr eure Frauen finden. Geht nun und lasst sehen, welcher Art euer Glück ist.«

Die Söhne folgten dem Rat des Vaters und schossen nacheinander ihre Pfeile ab. Die der beiden Älteren flogen in die Königsschlösser von zwei Nachbarreichen, der Pfeil des Jüngsten aber verschwand in einem großen Wald. Da ging der König hin und freite zwei Töchter der Nachbarkönige für seine älteren Söhne, zu seinem Jüngsten aber sagte er: »Geh du nur selbst in den Wald und such dir dein Glück.«

Der junge Prinz schnürte also seinen Ranzen und ging in den Wald. Drei lange Tage suchte er kreuz und quer vergeblich nach einem Zeichen. Das Brot in seinem Rucksack war zu Ende, und er war müde und hungrig. Er schämte sich, unverrichteter Dinge heimzukehren, sonst wäre er gleich zurückgegangen. Und wie er so darüber nachdachte, was jetzt zu tun wäre, sah er oben in einem Fichtenbaum seinen Pfeil stecken, den Schaft umwunden mit dem goldbestickten Freierstüchlein. Er blickte um sich, ob nicht ein Haus in der Nähe wäre. Da bemerkte er, dass die Fichte vor dem Eingang zu einer Höhle stand. Der Platz davor war sauber gekehrt und drinnen fand er den Herd und das Geschirr wohlgeordnet, aber kein Mensch war zu sehen. Er suchte nun draußen umher und sah dabei eine große Kröte im Gras sitzen. Schon hob er den Fuß, um sie zu zertreten, da sagte eine feine Stimme: »Tu mir nichts zuleide, denn ich bin dein Glück.«

Zuerst erschrak er, aber dann fasste er sich und sagte: »Wenn du wirklich mein Glück bist, musst du mit mir kommen!«

Darauf hob er die Kröte auf, steckte sie in den Rucksack und trug sie heim. Zu Hause hatte er ein eigenes Zimmer, dort setzte er die Kröte in einen Wandschrank und erzählte niemandem von seinem Erlebnis. Doch der alte König musste etwas bemerkt haben, denn er sagte zornig zu seinem Jüngsten: »Das ist wohl was Rechtes, dieses dein Glück!« Traurig antwortete der Sohn: »Ich will meinen Brüdern nicht im Weg stehen, sie sollen ihre Hochzeit feiern und ich will der Mutter Fluch auf mich nehmen.« Der König jedoch wollte noch eine Weile warten.

Da ereignete es sich, dass der jüngste Prinz plötzlich nichts Ordentliches mehr zu essen bekam. Der Koch stellte das Mittagessen und das Nachtmahl in sein Zimmer, aber immer, wenn der Prinz kam und essen wollte, war alles durcheinandergeworfen und die Hälfte fehlte. Der Prinz schalt nun den Koch: »Worin bin ich schlechter als meine Brüder, dass du mich so nachlässig bedienst?« Als nun der Koch sagte, er bereite das Essen so sorgfältig zu wie immer, befahl ihm der Prinz, vor seinen Augen in der Küche die Speisen zu bereiten, auf sein Zimmer zu tragen und dann das Zimmer sofort zu verlassen. Der Koch machte es so. Der Prinz wartete noch eine Weile vor der Stubentür und trat dann unvermutet ein. Da saß am Tisch ein schönes Mädchen mit einem Krönlein auf den Goldhaaren und leerte eine Schüssel nach der anderen. Erschrocken sprang sie auf und wollte sich im Wandschrank verstecken, er aber kam ihr zuvor, öffnete den Schrank und fand darin eine Krötenhaut. Er packte die Haut und warf sie ins Feuer.

»Jao! Jao!«, jammerte das Mädchen und schlug sich auf die Knie, »nun muss ich für immer in dieser Gestalt bleiben.«

»Das ist mir ganz recht«, meinte der Prinz.

Darauf erzählte sie ihm, sie sei die Bärenprinzessin, und er nahm sie an der Hand und führte sie zu seinem Vater. Dieser dachte lange darüber nach, was er nun tun solle. Dann schickte er einen Zug von Hochzeitsgästen aus, die beiden Königstöchter zu holen. Als sie zurückkamen, sagte er, dass nun Hochzeit gehalten werde, vorher aber sollten alle drei Bräute zu einem Festessen Platz nehmen. Das taten sie auch und er sah, wie die beiden Königstöchter immer einen Bissen in der Kehle, einen zwischen den Zähnen und einen zwischen den Fingern hatten, und als sie aufstanden, schüttelten sie die Brotkrumen von ihrem Schoß auf den Teppich. Die Bärenprinzessin dagegen schluckte immer einen Bissen hinunter, bevor sie den andern nahm. Als sie dann aufstand, schüttelte sie die Krümel von ihren Kleidern auf einen Teller und dabei verwandelten sie sich in Dukaten.

Da dachte der König: ›So etwas kann man immer brauchen‹, und verlangte von seinem jüngsten Sohn, er solle ihm das Mädchen überlassen, er wolle sie selbst heiraten. Als der Prinz davon nichts hören wollte, sagte der König: »Gut, aber dann muss sie aus einem einzigen Stück Stoff für alle meine Soldaten Kleider nähen oder du darfst sie auch nicht heiraten.«

Der Prinz weinte bitterlich und als die Bärenprinzessin ihn nach dem Grund fragte, klagte er: »Mein Vater hat ein hartes Wort gesprochen«, und erzählte ihr alles. Da lachte sie und sagte: »Geh du dorthin, wo du mich gefunden hast, und rufe drei Mal vor der Höhle: ›Flammenhaar erscheine!‹ Dann wird meine Mutter kommen und du sagst ihr: ›Deine Tochter grüßt dich, du sollst ihr für eine Weile das Stück Stoff schicken, aus dem du immer deine Kleider nähst!‹«

Der Prinz machte es genau so, wie das Mädchen ihm gesagt hatte, und als er drei Mal gerufen hatte: »Flammenhaar erscheine!«, erschien die bleiche Frau in den weißen Gewändern und sagte leise: »Was wünschst du, Schwiegersohn?« Darauf erzählte er ihr, was ihn hergeführt hatte. Sie gab ihm das Verlangte, ließ die Tochter grüßen und verschwand wie ein Nebelstreif.

Die Bärenprinzessin nähte nun aus dem kleinen Stück Stoff Kleider für das ganze Heer und es blieb noch genau so viel übrig, wie zuvor dagewesen war. Da dachte der König wieder: ›So etwas kann man immer brauchen‹, sperrte sich in sein Zimmer ein, um zu überlegen, und schließlich sprach er zu seinem Sohn: »Du musst mir das Mädchen doch geben, es sei denn, sie kann in einem einzigen Kessel so viel Maisbrei kochen, dass mein ganzes Heer davon satt wird.«

Da weinte der Prinz abermals und sagte zu der Bärenprinzessin: »Mein Vater hat ein hartes Wort gesprochen und jetzt werden wir wohl nicht wissen, was zu tun ist.« Doch sie lachte auch jetzt und schickte ihn nochmals zu ihrer Mutter. Er rief also vor der Höhle wieder drei Mal: »Flammenhaar erscheine!«, und die bleiche Frau kam heraus, gab ihm den kleinen Kessel, in dem sie immer ihr Essen kochte, grüßte ihre Tochter und verschwand. Und die Bärenprinzessin kochte in dem kleinen Kessel für das ganze Heer Maisbrei und es blieb noch genug übrig.

Der Kessel gefiel dem König ganz besonders. Er dachte eine Woche lang nach und meinte dann: ›So etwas kann man wirklich immer brauchen.‹ Dann sprach er zu seinem Sohn: »Ich muss das Mädchen allen Ernstes haben und werde es nur dann freigeben, wenn es mir den Ring wiederbringt, den meine Frau, die Königin, in die andere Welt mitgenommen hat.«

Der Prinz jammerte laut auf: »Ach, was soll mir mein ganzes Leben!«, und auch die Bärenprinzessin lachte diesmal nicht, sondern sagte nur: »Geh noch einmal zu meiner Mutter und bitte sie, dass sie uns zu dem Ring verhilft, wenn sie es vermag. Und wenn nicht, soll sie ihrem Kind anders helfen.«

So ging der Prinz wieder zu der Felsenhöhle im Wald und rief nach Flammenhaar. Als er der bleichen Frau alles berichtet hatte, sagte sie: »Halt dich am Saum meines Gewandes fest und folge mir, ohne dich umzublicken.« So schritten sie durch die Höhle. Dann öffnete sich ein Weg, der weiter durch die Erde führte. Sie kamen durch grünlich und bläulich glitzernde Felsengewölbe, in denen sie schreckliche Dinge sahen: Da kroch eine eklige Schlange aus einer Ecke in die andere und trank gierig Eier aus. »Das ist«, flüsterte die bleiche Frau, »ein Mädchen, das ihrer Mutter aus der Speisekammer Eier stahl und sie austrank. Deshalb hat sie der liebe Gott in eine Schlange verwandelt und sie muss bis zum jüngsten Gericht Eier stehlen.« Dann sahen sie einen Mann und eine Frau mit den Füßen nach oben von der Decke herunterhängen. Die beiden schlugen pausenlos mit ihren Rücken gegeneinander, dass es nur so dröhnte. »Das ist ein Ehepaar, das sich auf Erden miteinander nicht vertrug«, erklärte die bleiche Frau. Weiter sahen sie ein kleines Kind, von dem Blut herunterfloss, das eine schwarze Hündin aufleckte. »Diese Hündin ist eine abscheuliche Frau, die ihr eigenes Kind erwürgte«, erklärte Flammenhaar. Dann kamen sie an zwei Männern vorüber, die auf Bratspieße gesteckt waren. Unter ihnen brannte ein Feuer, groß wie in einem Kalkofen, und während sie einander gegenseitig drehten, fragte der eine immer zähneklappernd: »Friert es dich, Kamerad?«, worauf der andere stets antwortete: »Uhuhuhu, es friert mich fürchterlich!« – »Diese beiden haben zu Lebzeiten anderen Leuten Holz und Zaunpfähle gestohlen und sich daran gewärmt«, sagte Flammenhaar.

Dem Jüngling grauste es so, dass es ihm schwerfiel, den Kopf nicht abzuwenden. Deshalb glitt die bleiche Frau rascher dahin, und er folgte ihr, kaum den Boden berührend, auf eine weite, lichte Fläche, auf der in unzähligen großen Zisternen siedendes Wasser brodelte, in dem sich jammernde Menschen wanden. Bei einer solchen Zisterne hielt die bleiche Frau an und sagte: »Dort ist deine Mutter!« Entsetzt blickte er hin und sah wirklich seine Mutter in dem siedenden Wasser. Sie streckte die Hand mit dem Ring heraus und rief: »Zieh ihn schnell ab, mein Sohn, denn sie lassen mir keine Zeit! Und dann sag dem König, dass ich ihn grüßen lasse, und er möge die dreißig Oka Kirschen bezahlen, die ich schuldig geblieben bin. Wenn es nicht wegen dieser Kirschen ist, weiß ich nicht, weshalb mich Gott ins Fegefeuer warf!« Dann tauchte sie unter. Der Jüngling ergriff von Neuem den Saum des weißen Gewandes und schloss die Augen. Rasch glitten sie denselben Weg zurück und waren bald wieder in der Felsenhöhle. Dort sagte die bleiche Frau: »Nun bringe deinem Vater den Ring und sage ihm mit einem Gruß von mir, er soll endlich meine Tochter mit dir vermählen, sonst wird sich sein Wortbruch rächen.«

Als der Prinz dem König alles berichtet hatte, erschrak dieser und ließ sogleich alle seine Untertanen und sein ganzes Heer zusammenrufen. Auf einer großen Wiese wurden Ochsen und Lämmer am Spieß gebraten und bis zur Mittagsstunde durften sich alle davon satt essen und nach Herzenslust singen. Dann aber baten Ausrufer im Namen des Königs um Ruhe und es wurde derjenige aufgefordert, sich zu melden, dem die verstorbene Königin dreißig Oka Kirschen schuldig geblieben sei. Er möge hervortreten, damit die Schuld beglichen werde. Endlich meldete sich ein armer Mann. Er wurde vor den König geführt, dieser zog dreißig Dukaten aus seinem Beutel und sagte: »Da, nimm das mit Dank und Segen!« Der Mann aber entgegnete: »Mächtiger König, ich nehme nicht mehr als dreißig Heller, so viel habe ich mit der Königin ausgemacht.« Der König gab ihm nun dreißig Heller und sagte: »Ich bitte dich wie meinen leiblichen Bruder, segne nun ihr Andenken.« Und der Mann erwiderte: »Hätte ich das gewusst, ich hätte sie trotzdem hundertmal am Tage gesegnet. Möge ihre gute Seele alle Freuden des Paradieses schauen!«

Der König und das Volk beteten daraufhin und dann ging jeder still nach Hause. Zehn lange Tage sperrte sich der König in sein Zimmer ein, um nachzudenken. Dann setzte er seinen Jüngsten davon in Kenntnis, dass er auf die Bärenprinzessin verzichten werde und alle drei Brüder nun Hochzeit halten könnten. Doch der Prinz war traurig und entgegnete, er wolle vorher noch einmal nach der Mutter sehen, wie es ihr jetzt ergehe.

Er hing also wieder den Rucksack um, ging in den Wald zur Felsenhöhle und rief dort drei Mal: »Flammenhaar erscheine!« Da trat wieder die bleiche Frau heraus, und er erzählte ihr seinen Kummer. Sie antwortete ihm freundlich: »Halte dich nur am Saum meines Gewandes fest, Schwiegersohn, und du sollst deine Mutter sehen.«

Und wieder glitten sie dahin durch die Höhle, durch das Erdreich und über die weite Fläche mit den dampfenden Zisternen. Endlich kamen sie an einen großen See mit siedendem Wasser und flüssigen Steinen. Die bleiche Frau streckte die Hand aus, in der sie einen goldenen Stab hielt, und über dem See erstand eine hohe Brücke. Sie schwebten hinüber an das andere Ufer und dort prangte eine gewaltige, herrliche Burg. Flammenhaar winkte nochmals mit dem goldenen Stab und das Tor sprang auf. »Weiter dürfen wir nicht«, sagte sie, »aber du kannst von hier aus deine Mutter sehen, sie singt jetzt mit den übrigen Seelen ein Loblied Gottes.« Aber da kam schon die Königin auf ihren Sohn zu, in einem Gewand wie aus Mondschein gewoben, und ringsum war alles Duft und Licht. »Hab Dank, mein Sohn!«, sagte die Erlöste. »Grüße meinen König und sage ihm, dass meine Seele in demselben Augenblick ins Paradies flog, wie er die dreißig Oka Kirschen bezahlte. Ich segne ihn, und er möge meine Schwiegertochter von Herzen ehren und lieben.«

Der junge Prinz kehrte nun nach Hause zurück und die Hochzeit der drei Brüder wurde mit großem Glanz gefeiert. Anschließend sagte der König zu der Bärenprinzessin: »Hör zu, meine liebe Schwiegertochter! Ich will, dass du ab jetzt mein Reich regierst.« Sie erwiderte: »Wie kann ich das, lieber Vater? Ich habe einen Frauenkopf, der denkt anders als deiner. Regiere du nur weiter wie bisher.« Er aber sagte: »Man fragt nicht, was für einen Kopf jemand trägt, wenn man mit dem, was dieser Kopf sich ausdenkt, zufrieden ist! Der Erfolg entscheidet! Also

regiere du jetzt ein Jahr lang, und dann wollen wir weitersehen.«

Die Bärenprinzessin regierte nun wirklich das Land ein
volles Jahr lang ganz allein und eroberte in dieser Zeit
zwei große Reiche, sodass jeder der drei Brüder König
werden konnte. Und damit waren alle sehr zufrieden, und
wir sind es mit dieser Geschichte auch.

DIE FALSCHE GROSSMUTTER

Italien, Abruzzen

Es war einmal eine Frau, die wollte ihr Mehl sieben. Nun hatte sie aber kein Mehlsieb und deshalb sagte sie zu ihrer kleinen Tochter: »Geh zur Großmutter und leih dir ein Mehlsieb von ihr!« Das Mädchen nahm das Körbchen mit dem Vesperbrot, das aus Brezeln und Brot mit Öl bestand, und machte sich auf den Weg.

Sie ging und ging und kam an den Fluss Jordan: »Fluss Jordan, lässt du mich wohl hindurch?«

»Ja, wenn du mir deine Brezeln gibst!«

Der Fluss Jordan war nämlich sehr naschhaft und besonders begierig nach Brezeln, mit denen seine Wellen spielen konnten.

Das Mädchen warf nun die Brezeln in den Fluss und sogleich hielt der seine Wasser an und sie konnte trockenen Fußes hinübergehen.

Das Mädchen ging weiter und kam zum Tor Rastrello. Da sagte sie: »Tor, lässt du mich hindurchgehen?«

»Ja, wenn du mir dein Brot mit Öl gibst.«

Seine Angeln waren nämlich schon sehr rostig, und mit dem Öl wollte es die schmieren. Das Mädchen gab dem Tor das Brot mit dem Öl und da tat sich das Tor auf und das Mädchen konnte hindurchgehen. So ging sie weiter und kam endlich zum Haus der Großmutter, aber die Haustür war zugesperrt.

»Großmutter«, rief das Mädchen, »Großmutter, komm und sperr mir auf!«

»Ich liege krank im Bett. Steig durchs Fenster!«

»Da komme ich nicht hinauf.«

»Dann kriech durch das Katzenloch!«

»Das ist zu klein, da komme ich nicht hindurch.«

»Dann warte ein wenig!«

Sie nahm ein Seil und warf das zum Fenster hinunter. Das Mädchen kletterte an dem Seil hinauf und gelangte so ins Zimmer der Großmutter. Im Zimmer aber war es ganz dunkel, denn im Zimmer war nicht die Großmutter, sondern eine Menschenfresserin, die hatte die Großmutter verschlungen, nur die Zähne und die Ohren hatte sie übrig gelassen, um sie auf dem Feuer zu kochen und zu backen. Das Mädchen aber sagte: »Großmutter, ich bin gekommen, um das Mehlsieb auszuleihen.«

»Heute ist es schon zu spät. Ich werde es dir morgen geben. Komm zu mir ins Bett!«

»Großmutter, ich habe so Hunger. Ich möchte erst etwas essen.«

»Dann geh zum Herd. Dort kochen einige Bohnen, die kannst du essen.«

Das Mädchen suchte im Dunkeln und fand auf dem Herd die Zähne der Großmutter. Die hielt sie für die Bohnen. Sie rührte mit einem Löffel darin herum und sagte: »Großmutter, die Bohnen sind noch nicht gar.«

»Dann iss das Gebackene, das daneben in der Pfanne steht!«

Das Mädchen drehte die Ohren mit einer Gabel um und sagte: »Großmutter, das Backfleisch ist noch nicht knusprig.«

»Dann komm ins Bett! Du kannst morgen essen!«

Da kam das Mädchen zum Bett, berührte die Hand der Großmutter und sagte: »Großmutter, warum hast du eine so haarige Hand?«

»Das kommt von den vielen Ringen, die ich an den Fingern getragen habe.«

Das Mädchen berührte den Hals: »Großmutter, warum hast du einen so haarigen Hals?«

»Das kommt von den vielen Halsketten, die ich getragen habe.«

Da berührte das Mädchen die Seite: »Großmutter, warum hast du eine so haarige Seite?«

»Das kommt von dem engen Korsett, das ich getragen habe.«

Nun berührte das Mädchen den Schwanz, und haarig oder nicht, einen Schwanz hatte die Großmutter nie im Leben gehabt! Das konnte nicht ihre Großmutter sein! Sicher war das eine Menschenfresserin!

Da sagte das Mädchen: »Großmutter, ich kann noch nicht ins Bett gehen, ich muss erst noch ein Bedürfnis verrichten.«

»Dann geh und mach das im Stall! Ich werde dich am Seil hinunterlassen und dich dann wieder heraufziehen.«

Und damit schlang sie dem Mädchen das Seil um die Hüften. Aber kaum war das Mädchen unten im Stall, da band sie sich los und wickelte das Seil um eine Ziege.

»Bist du noch nicht fertig?«, fragte die Großmutter.

»Warte noch ein wenig!«, entgegnete das Mädchen und öffnete leise die Stalltür.

»So, jetzt zieh mich hinauf!«

Die Menschenfresserin zog und zog, das Mädchen aber lief davon und schrie: »Haarige Menschenfresserin, haarige Menschenfresserin!«

Die Alte aber zog, bis sie die Ziege in ihren Klauen hatte. Da merkte sie, dass sie angeführt worden war, und sprang mit einem Satz aus dem Bett. ›Dich werde ich schon erwischen!‹, dachte sie bei sich und begann hinter dem Mädchen herzulaufen.

Als sie sich dem Tor Rastrello näherten, schrie die Alte schon von Weitem: »Tor Rastrello, lass sie nicht hindurch!« Doch das Tor antwortete: »Aber ja! Freilich lasse ich sie durch, denn sie hat mir das Brot mit dem Öl gegeben.«

Und so konnte das Mädchen weiterlaufen, und die Menschenfresserin, der schon die Zunge zum Halse heraushing, rannte weiter hinter ihr her. So näherten sie sich dem Fluss Jordan. »Fluss Jordan«, schrie da die Alte, »Fluss Jordan, lass sie nicht hindurch!« Doch der Fluss Jordan antwortete: »Aber ja! Freilich lasse ich sie hindurch, denn sie hat mir ihre Brezeln gegeben.«

Und gleich hielt der Fluss seine Wasser an und das Mädchen konnte trockenen Fußes hindurchgehen. Als jedoch die Menschenfresserin hinterhersprang, ließ der Fluss Jordan plötzlich ein gewaltiges Hochwasser kommen, das die Alte mitriss.

Das Mädchen aber blieb am Ufer zurück und machte der Menschenfresserin eine lange Nase.

DIE FEDER VON
FINIST DEM LICHTEN FALKEN

Russland

Es lebten einmal ein alter Mann und eine alte Frau, die hatten drei Töchter. Die Jüngste war so schön, dass man es weder im Märchen erzählen, noch mit der Feder beschreiben kann.

Einmal wollte der Vater in die Stadt auf den Jahrmarkt fahren und sprach: »Meine lieben Töchter, sagt mir, was möchtet ihr haben? Ich kaufe euch auf dem Jahrmarkt alles, was ihr begehrt.«

Die Älteste bat: »Väterchen, kauf mir ein neues Kleid.«

Die Mittlere bat: »Väterchen, bitte, kauf mir ein Umhängetuch.«

Und die Jüngste sagte: »Bring mir die flammrote Blume.«

Der Alte lachte über seine jüngste Tochter und sprach: »Du dummes Kind, was willst du mit einer flammroten Blume? Was kann sie dir nützen? Ich kaufe dir lieber schöne Kleider!«

Aber was er auch sagte, er konnte es ihr nicht ausreden, sie wollte nur ganz allein das rote Blümlein. Der Alte fuhr auf den Jahrmarkt, kaufte der einen Tochter das Kleid, der zweiten das Tuch, aber die flammrote Blume konnte er in der ganzen Stadt nicht finden. Gerade als er heimkehren wollte, begegnete ihm ein fremder alter Mann, der trug ein flammrotes Blümlein in der Hand.

»Alterchen, verkauf mir die Blume!«

»Die Blume ist nicht käuflich, es ist eine Zauberblume. Aber wenn du mir schwörst, dass deine jüngste Tochter meinen Sohn heiratet, den lichten Falken Finist, dann bekommst du sie umsonst.«

Der Alte überlegte: »Nehme ich das Blümlein nicht, so wird meine Tochter traurig sein. Nehme ich es aber, so muss sie vielleicht Gott weiß wen heiraten!«

Er überlegte und überlegte und endlich nahm er die flammrote Blume doch. ›Was kann schon passieren‹, dachte er, ›wenn der Freier später kommt und schlecht ist, kann man immer noch Nein sagen.‹

Zu Hause gab der Vater der ältesten Tochter das Kleid, der zweiten das Tuch und der jüngsten die Blume und sprach: »Nicht lieb ist mir das Blümlein, gar nicht lieb.« Dann flüsterte er ihr ins Ohr: »Es ist eine Zauberblume. Ich konnte sie nicht kaufen, sondern erhielt sie von einem fremden alten Mann unter der Bedingung, dich seinem Sohn, dem lichten Falken Finist, zur Frau zu geben.«

»Sei nicht traurig, Väterchen«, antwortete die Tochter, »er ist so gut und freundlich. Als lichter Falke fliegt er durch die Luft, aber kaum berührt er die feuchte Erde, so wird ein kühner Jüngling aus ihm.«

»Ja, kennst du ihn am Ende schon?«

»Ich kenne ihn schon, Väterchen. Am vergangenen Sonntag war er in der Messe und sah mich immerzu an. Ich sprach auch mit ihm. Er liebt mich, Väterchen.«

Der Alte schüttelte den Kopf, sah seine Tochter durchdringend an, schlug das Kreuz über ihr und sprach: »Geh in deine Kammer, mein liebes Töchterchen, es ist Schlafenszeit. Der Morgen ist klüger als der Abend, da werden wir weitersehen.«

Das Mädchen sperrte sich in ihrer Kammer ein, setzte die flammrote Blume ins Wasser, öffnete das Fenster und blickte in die blaue Ferne. Sie wusste nicht, woher, aber plötzlich erschien der lichte Falke Finist mit dem bunten Gefieder. Er flatterte durch das Fenster, schlug auf den Fußboden auf und wurde ein Jüngling. Das Mädchen erschrak, als er aber mit ihr zu sprechen begann, wurde ihr unsagbar wohl und fröhlich ums Herz.

Bis zum Morgen sprachen sie miteinander, ich weiß nicht, was. Ich weiß nur, dass Finist der lichte Falke mit dem bunten Gefieder sie küsste, als die Sonne aufging, und sprach:

>»Jede Nacht, wenn du das rote Blümlein
>stellst in dein Fensterlein
>flieg ich zu dir herein
>du Liebste mein!

Hier hast du eine Feder aus meinem Flügel. Wenn du irgendetwas brauchst, so geh vor das Haus hinaus und schwenke die Feder nach rechts, dann erscheint gleich alles, was dein Herz begehrt.« Er küsste sie noch einmal, verwandelte sich wieder in einen lichten Falken und flog fort in den dunklen Wald. Das Mädchen sah ihrem Liebsten nach, schloss das Fenster und legte sich schlafen. Seit jener Nacht stellte sie jeden Abend die flammrote Blume ins offene Fenster und der edle Jüngling, Finist der lichte Falke, kam geflogen.

So wurde es Sonntag. Die älteren Schwestern schmückten sich zum Kirchgang und sagten zu der Jüngsten: »Welches Kleid wirst du anziehen? Du hast ja nichts Neues. So, wie du aussiehst, kannst du nicht in die Kirche gehen!«

»Das macht nichts, ich bete zu Hause«, gab die Jüngste zur Antwort.

Die Schwestern gingen zur Kirche, während die Jüngste in ihrem alten, abgewetzten Kleid am Fenster saß und zusah, wie das Volk in die Kirche zog. Sie wartete eine Weile, trat dann vor das Haus und winkte mit der bunten Feder nach rechts. Da erschien plötzlich ein kristaller Wagen vor ihr, von Pferden gezogen und mit vielen Dienern. Die gaben ihr kostbare Kleider und allerhand Schmuck aus teuren Edelsteinen und in einer Minute war das schöne Mädchen angezogen, saß im Wagen und fuhr in die Kirche.

Das Volk reckte die Köpfe nach der Schönen und staunte: »Sicher kommt da eine Zarewna gefahren!«, sprachen die Leute untereinander. Vor dem Schlussgesang verließ das schöne Mädchen die Kirche und fuhr wieder nach Hause. Als die Leute nach dem Gottesdienst herauskamen und nach ihr Ausschau hielten, war sie lange fort, und nicht die kleinste Spur war von ihr zu sehen.

Kaum heimgekehrt, winkte sie mit der Feder nach links. Sofort kamen die Diener wieder, kleideten sie aus und verschwanden mit Wagen und Pferden. Sie setzte sich ans Fenster wie zuvor, als wäre nichts geschehen und als hätte sie nur zugesehen, wie andere Leute zur Kirche gehen.

Die Schwestern kamen heim und erzählten: »Schwesterchen, heute war eine solch wunderschöne Frau in der Kirche, wie du noch nie eine gesehen hast. Sie muss eine Zarewna aus einem fremden Land gewesen sein, so prunkvoll und kostbar war sie gekleidet.«

Am nächsten und am übernächsten Sonntag begab sich das schöne Mädchen erneut in prächtigen Kleidern in die

Kirche. Als sie beim zweiten Mal nach Hause kam, vergaß sie jedoch, eine diamantene Nadel aus ihrem Haarzopf zu nehmen. Wie die älteren Schwestern aus der Kirche kamen und der Jüngsten von der schönen Zarewna erzählen wollten, blitzte ihnen aus den Haaren der Schwester wie Feuer die Brillantnadel entgegen.

»Ach, Schwesterchen, was hast du da?«, riefen die Mädchen, »gerade so eine Nadel hatte heute die Zarewna in ihrem Haarzopf. Woher hast du sie?«

»Oh!«, rief das schöne Mädchen und lief in ihre Kammer.

Die Schwestern eilten ihr nach, fragten und wollten wissen, wie es sich verhält, aber die Jüngste schwieg und lachte insgeheim. Die älteren Schwestern jedoch gaben nicht auf. Sie beobachteten sie den ganzen Tag und horchten nachts an ihrer Kammertür. Endlich belauschten sie einmal ein Gespräch mit Finist dem lichten Falken, und am Morgen sahen sie mit ihren eigenen Augen, wie er aus dem Fenster der Schwester fortflog in den dunklen Wald.

Da wurden die älteren Schwestern neidisch. Sie holten eine Leiter, kletterten zum Kammerfenster der Schwester hinauf und spickten das Fenster mit scharfen Messern, damit sich Finist der lichte Falke seine bunten Flügel daran verletze.

Die Jüngste ahnte nichts davon. Sie stellte ihr flammrotes Blümlein ins Fenster, legte sich in ihr Bett und schlief fest ein. Finist der Falke flog nichts ahnend zum Fenster herein und zerschnitt sich dabei den linken Fuß. Zornig flog der Falke hoch in den Himmel und fort in den dunklen Wald. Das schöne Mädchen merkte nichts, sie schlief süß und ruhig.

Am Morgen erwachte das Mädchen und sah sich um. Es war schon hell, aber der edle Jüngling war nicht gekommen. Wie sie an das Fenster trat, sah sie da kreuzweise gesteckt scharfe Messer und rotes Blut tropfte von ihnen auf die Blume herab.

Da weinte das Mädchen viele bittere Tränen und sie verbrachte viele schlaflose Nächte am Fenster ihrer Kammer. Oft schwenkte sie die Feder des Falken, aber immer umsonst: Finist der lichte Falke kam nicht geflogen und schickte auch seine Diener nicht. Mit Tränen in den Augen ging sie endlich zu ihrem Vater und bat ihn um seinen Segen, um fortzugehen und ihren Liebsten zu suchen.

»Geh, wohin du willst!«, sagte der Vater.

Sie ließ sich drei Paar eiserne Stiefel anfertigen, drei eiserne Wanderstäbe, drei eiserne Kappen und drei eiserne geweihte Brote. Dann zog sie ein Paar Schuhe an, setzte eine der Kappen auf, nahm einen Wanderstab in die Hand und so zog sie nach jener Richtung fort, nach welcher der Falke immer geflogen war. Sie wanderte durch dichten Wald, über Wurzeln und Bäche, über Stock und Stein, bis die eisernen Schuhe verschlissen, die Mütze aufgetragen, das Brot verzehrt und der Stock zerbrochen waren. Aber das schöne Mädchen wanderte immer weiter und weiter und der Wald wurde immer schwärzer und dichter. Plötzlich sah sie vor sich ein eisernes Hüttchen, das auf Hühnerfüßen stand und sich immerzu drehte.

Das Mädchen sprach: »Hüttchen, Hüttchen, schau mir ins Gesicht und kehr dem Wald den Rücken zu.« Das Hüttchen wandte sich ihr zu. Sie trat ein und fand darin die Baba Jaga. Sie lag auf der Ofenbank, ausgestreckt von der einen Ecke bis in die andere. Ihre Lippen hatte sie oben auf dem Ofen und die Nase reichte bis an die Decke.

»Pfui, pfui, früher habe ich von Russen hier nie etwas gesehen oder gehört, und jetzt streift einer durch die weite Welt, erscheint vor meinen Augen und drängt sich mir vor die Nase. Wohin geht der Weg, schönes Mädchen? Gehst du zum Vergnügen oder aus Pflicht?«

»Mütterchen, Finist der lichte Falke mit dem bunten Gefieder war bei mir. Meine Schwestern haben ihm Böses angetan. Jetzt suche ich Finist den lichten Falken.«

»Weit musst du da noch gehen, Kind, noch durch dreimal neun Länder. Finist der lichte Falke mit dem bunten Gefieder wohnt im fünfzigsten Reich in der achtzigsten Herrschaft und freit eben um eine Zarewna.«

Die Baba Jaga gab dem Mädchen zu essen und zu trinken, was sie gerade hatte, und richtete ihr ein Nachtlager her. Am nächsten Morgen, als der Tag kaum graute, weckte die Alte das schöne Mädchen und gab ihr ein kostbares Geschenk. Sie überreichte ihr einen goldenen Hammer und zehn brillantene Nägel dazu und sagte: »Kommst du ans blaue Meer, so wird die Braut von Finist dem lichten Falken dort gerade am Ufer spazieren gehen. Sobald sie dich erblickt hat, nimm dein Hämmerlein und schlage auf die Nägelein. Sie wird kommen und dir beides abkaufen wollen. Du aber, schönes Mädchen, nimm nichts dafür an. Verlange nur, Finist den Falken sehen zu dürfen. Und jetzt geh mit Gott weiter zu meiner zweiten Schwester.«

Das schöne Mädchen ging wieder weiter durch den dunklen Wald, immer weiter und weiter, und der Wald wurde immer schwärzer und dichter. Die Wipfel reichten bis zum Himmel. Das zweite Paar Schuhe war durchgetreten, die zweite Kappe aufgetragen, das zweite Brot aufgezehrt und der zweite Wanderstab zerbrochen – da sah das Mädchen vor sich ein Hüttchen, das auf Hühnerfüßen stand und sich immerzu drehte.

»Hüttchen, Hüttchen, schau mir ins Gesicht und kehr dem Wald den Rücken zu. Ich will hinein, um Brot bitten.« Das Hüttchen machte halt, den Rücken zum Wald. Das Mädchen trat ein, da lag die Baba Jaga auf der Ofenbank von einem Eck bis zum andern, die Lippen über dem Ofen, die Nase an der Decke.

»Pfui, pfui, pfui! Ich habe bis jetzt noch nie etwas von einem Russen gesehen oder gehört, und jetzt streift ein Russe sogar durch die weite Welt. Schönes Mädchen, wohin geht der Weg?«

»Mütterchen, ich suche Finist den Falken.«

»Der will eben heiraten, heute ist sein Polterabend«, sagte die Baba Jaga. Sie gab dem Mädchen zu essen und zu trinken und legte sie schlafen. Am nächsten Morgen, als es gerade hell wurde, weckte sie das Mädchen und gab ihr eine goldene Schüssel und brillantene Kugeln.

»Kommst du ans blaue Meer«, schärfte die Alte dem Mädchen ein, »dann lass die Kügelchen auf dem Schüsselchen rollen. Die Braut von Finist dem Falken wird zu dir kommen, um dir Schüsselchen und Kügelchen abzukaufen. Nimm du aber nichts an dafür, sondern bitte nur, Finist den lichten Falken mit dem bunten Gefieder sehen zu dürfen. Jetzt geh mit Gott zu meiner ältesten Schwester.«

Wieder ging das schöne Mädchen durch den finstern Wald, immer weiter und weiter, und der Wald wurde dunkler und dichter. Das dritte Paar Schuhe war durchgelaufen, die dritte Kappe abgetragen, das dritte Brot aufgezehrt, der dritte Stock zerbrochen, da sah sie ein eisernes Hüttchen stehen, auf Hühnerfüßen, und sich drehen.

»Hüttchen, Hüttchen, schau mir ins Gesicht und kehr

dem Wald den Rücken zu. Ich will hinein, um Brot bitten.« Die Hütte drehte sich um und blieb stehen. Die Baba Jaga lag wieder von einem Eck zum andern, die Lippen über dem Ofen, die Nase an der Decke.

»Pfui, pfui, pfui, früher habe ich von Russen niemals etwas gesehen und nie etwas gehört, und jetzt geht einer in der weiten Welt einher. Schönes Mädchen, wohin führt der Weg?«

»Mütterchen, ich suche Finist den lichten Falken.«

»Ach, schönes Mädchen, soeben hat er die Zarewna geheiratet! Da hast du mein schnelles Pferd, steig auf und reite zu ihm mit Gott.«

Das Mädchen stieg auf und ritt fort und der Wald wurde lichter und immer lichter. Plötzlich lag das blaue Meer vor ihr, breit und lang, und in der Ferne glühten wie Feuer die goldenen Spitzen weißer Türme.

›Das muss das Reich sein von Finist dem lichten Falken!‹, dachte das Mädchen, setzte sich auf einen Sandhaufen und klopfte mit ihrem Hämmerchen auf die brillantenen Nägelchen. Auf einmal sah sie die Zarewna am Ufer mit ihren Ammen, Wärterinnen und treuen Dienerinnen spazieren gehen. Und es dauerte nicht lange, da kam die Zarewna zu ihr und wollte ihr den Hammer und die Nägel abkaufen.

»Zarewna, lass mich nur ein Mal Finist den lichten Falken sehen, dann will ich dir beides umsonst geben!«, sagte das Mädchen.

»Finist der lichte Falke schläft jetzt gerade und hat befohlen, niemanden zu ihm zu lassen. Aber gib mir nur den schönen Hammer und die Nägelein, dann will ich ihn dir zeigen.«

Sie nahm Hammer und Nägel, lief ins Schloss und versteckte eine Zaubernadel in den Kleidern von Finist dem lichten Falken, damit er fest schlafe und nicht aufwachen könne. Dann ließ sie das schöne Mädchen von ihren Dienerinnen in das Schloss führen zu ihrem Mann, dem lichten Falken. Sie selbst ging spazieren.

Lange bemühte sich das Mädchen, sprach zu Finist dem Falken, und lange weinte sie über ihrem Liebsten, aber sie konnte ihn nicht aufwecken.

Als die Zarewna genug spazieren gegangen war, kehrte sie ins Schloss zurück, jagte das schöne Mädchen fort und zog die Nadel aus den Kleidern von Finist. Der lichte Falke erwachte.

»Ach, wie lange habe ich geschlafen!«, sagte er. »Es war jemand hier, weinte und klagte über mir, aber ich konnte die Augen nicht aufmachen, so schwer waren sie mir!«

»Das war nur ein Traum«, antwortete die Zarewna. »Niemand war hier.«

Am nächsten Tag saß das Mädchen wieder am Ufer des blauen Meeres und spielte mit den brillantenen Kugeln in der goldenen Schüssel. Da kam die Zarewna auf ihrem Spaziergang vorbei, sah sie und bat: »Verkauf mir das!«

»Lass mich Finist den lichten Falken sehen, dann will ich es dir umsonst geben!«

Die Zarewna willigte ein und steckte wie beim ersten Mal eine Nadel in das Gewand von Finist dem lichten Falken. Wieder weinte und klagte das schöne Mädchen bitterlich über ihrem Liebsten und konnte ihn dennoch nicht aufwecken.

Am dritten Tage saß sie ganz traurig und wehmütig am Ufer des blauen Meeres und fütterte ihr Pferd mit glühenden Kohlen. Die Zarewna sah, wie das Pferd Feuer fraß und wollte es für sich haben.

»Lass mich nur Finist den lichten Falken sehen, dann will ich es dir umsonst geben!«

Die Zarewna war einverstanden, lief ins Schloss und sprach: »Finist lichter Falke, lass dir den Kopf nach Läusen absuchen.«

Sie machte sich an die Arbeit und dabei steckte sie ihm eine Nadel in die Haare. Da fiel er sogleich in schweren Schlaf. Jetzt sandte sie ihre Dienerinnen nach dem schönen Mädchen. Sie kam, um ihren Liebsten aufzuwecken, umarmte und küsste ihn und weinte bitterlich, doch er wachte nicht auf. Als sie aber mit ihrer Hand durch seine Haare strich, fiel die Zaubernadel heraus.

Finist der lichte Falke erwachte, sah das schöne Mädchen und freute sich sehr. Sie erzählte ihm, wie alles gewesen war: von den bösen, neidischen Schwestern, von ihrer Wanderschaft und von dem Tauschhandel mit der Zarewna.

Da liebte er sie noch mehr als vorher, küsste sie auf ihren süßen Mund und ließ augenblicklich alle Bojaren, Fürsten und Leute von Rang zusammenrufen.

Als alle beisammen waren, fragte er sie: »Was meint ihr? Mit welcher Frau soll ich weiterleben? Mit der, die mich verkaufte, oder mit der, die um mich kämpfte?« Alle Bojaren, Fürsten und Leute von Rang entschieden einstimmig, dass er diejenige nehmen solle, die um ihn gekämpft habe. Die andere aber, die ihn verkaufen wollte, solle er draußen vor dem Tor aufhängen lassen.

Und so machte es Finist der lichte Falke mit dem bunten Gefieder.

WEISS KARLIENTJE UND
SCHWARZ KARLIENTJE

Flamen

Da waren einmal eine Mutter und zwei Mädchen und die hießen alle beide Karlientje. Zu dem einen sagten die Leute Weiß Karlientje, weil es so schön war. Doch seiner Mutter durfte es nicht unter die Augen kommen, es war nicht ihr eigen Kind. Das andere hieß Schwarz Karlientje bei den Leuten, weil es so dunkel und hässlich war. Doch bei seiner Mutter war Schwarz Karlientje am liebsten gesehen. Und Schwarz Karlientje erhielt alles, was es wollte.

Einmal ging ein Schäfer vorbei mit drei Lämmern. Er schaute nach Weiß Karlientje aus, streichelte ihr den Kopf, und seine Lämmer leckten an dem grünen Schürzchen Weiß Karlientjes, weil das Mädchen ihnen gefiel. Weiß Karlientje war froh. Doch auf einmal zog Schwarz Karlientje die obere Halbtür auf und spähte über die Klinke, um das auch mitanzusehen. Aber sobald der alte Schäfer den Kopf Schwarz Karlientjes gewahr wurde, ging er davon, und die drei Lämmer blökten und bulkten, weil Schwarz Karlientje so hässlich war. Dabei war Schwarz Karlientje aber ein gutes Kind.

Die Mutter konnte das nicht ertragen und sie sagte: »Koste es, was es wolle, Weiß Karlientje muss sterben.« Sieben Tage lief sie umher und grübelte, wie sie Weiß Karlientje auf die Seite schaffen könne. Dann ging sie zu einer alten Hecke. »Hecke, Hecke, Dornenhecke«, sagte sie, »gib mir zwölf Stechdornen, zweieinhalb Daumen lang jeder.« Die Hecke gab zwölf Stechdornen, zweieinhalb Daumen lang jeder, und die Mutter ging damit heim.

Die Mutter gab Schwarz Karlientje die Dornen: »Schau, Karlientje«, sagte sie, »wenn ihr am Abend zu Bett geht, musst du dich nach vorn legen und Weiß Karlientje hinter dir schlafen lassen. Ich werde ihr jetzt nämlich alle diese Stechdornen in ihr Kopfkissen stecken. Legt sie ihren Kopf darauf, so stirbt sie. Und du allein sollst Mutters Frulleke sein.«

Und Schwarz Karlientje sagte, dass alles klar sei. Aber des Abends, als Weiß Karlientje in ihr Bett steigen wollte, hielt Schwarz Karlientje der Schwester das Bein fest. »Weiß Karlientje«, sagte sie, »ich hab dich doch so gern. Aber du darfst es der Mutter nicht sagen. Sie will dich ermorden. Es sitzen zwölf lange Stechdornen in deinem Kopfkissen. Lass uns beide mit dem Kopf am Fußende schlafen.« Vor lauter Freude nahm Weiß Karlientje die Schwester in die Arme, und dann machten sie es so.

Anderntags in der Frühe – tippetapp auf der Treppe –: »Ha, Karlientje, bist du da?«, rief die Mutter.

»Ja, liebes Mütterchen, ich bin es«, antwortete Weiß Karlientje.

Da wurde die Mutter aber böse, dass das Kind nicht tot war. Schnell rannte sie hinauf, nachzuschauen, ob ihr Schwarz Karlientje denn noch lebe. Und Schwarz Karlientje hatte sich rasch umgedreht, lag mit dem Kopf zum Kopfende und lebte. Doch die Mutter begriff nicht, warum Weiß Karlientje nicht tot war, und sie glühte vor Ärger.

Da geschah es, dass ein Spielmann vorüberzog. Er hatte drei Hündchen dabei. Als er Weiß Karlientje sah, spielte er auf seiner Orgel das schönste Liedchen, das er sich ausdenken konnte. Und seine Hunde fingen an, in der Runde zu tanzen. Weiß Karlientje hatte solchen Spaß! Und der Spielmann tat es einfach umsonst, weil Weiß Karlientje so liebenswürdig war. Doch auf einmal zog Schwarz Karlientje die obere Halbtür auf und spähte über die Klinke, um das auch mitanzusehen. Als aber der Spielmann Schwarz Karlientjes Kopf erblickte, hörte er auf zu spielen und die drei Hündchen krochen unter einen Sack, weil Schwarz Karlientje so hässlich war. Dabei war Schwarz Karlientje ein gutes Kind.

Der Mutter gab es einen Stich ins Herz und sie sagte: »Koste es, was es wolle, Weiß Karlientje muss sterben.« Sieben Tage lief sie umher und grübelte, wie sie Weiß Karlientje um die Ecke bringen könne. Dann ging sie zu einer alten Zauberin mit drei Ellen langen Pfeifen und Fibeln an ihrer Haube. Die Buben durften ihr nicht zu nahe kommen. Die Mutter erhielt von der Zauberin das schlimmste Gift, das gemischt werden konnte. Und die Kröten hatten ihr Gift auch noch hineingespuckt. Die Mutter erhielt eine kleine, grüne Tüte, nicht größer als ein Fingerhut. Sie zeigte sie Schwarz Karlientje.

»Schau einmal, Karlientje«, sagte die Mutter, »wenn wir zu Mittag Mehlspeise essen, so musst du sagen, dass du starken Kopfschmerz hast und deine Mehlspeise stehen lassen musst. Ich gebe das ganze Gift in die Mehlspeise. Und wenn Weiß Karlientje davon isst, so muss sie sterben. Und du allein sollst Mutters Frulleke sein.«

Schwarz Karlientje sagte, dass alles klar sei. Doch am Mittag, als Weiß Karlientje aus dem Kumm löffeln wollte, hielt Schwarz Karlientje ihr den Arm fest und sagte: »Weiß Karlientje, ich hab dich doch so lieb. Aber du darfst es der

Mutter nicht verraten. Sie will dich ermorden und sie hat Gift in die Mehlspeise getan. Lass uns sagen, dass wir draußen essen, damit die Katze den Vogel nicht schnappt und die Krähen das Korn nicht aufpicken. Du musst dein ganzes Essen in den Abtritt schütten. Und Weiß Karlientje umarmte Schwarz Karlientje vor Freude und sie taten, wie Schwarz Karlientje es gesagt hatte.

Danach – rikketikketik an der Hintertür –: »Ha, Karlientje, bist du da?«, rief die Mutter von innen.

»Ja, Mutter, ich bin da«, antwortete Weiß Karlientje. Und mit einem Mal wurde die Mutter schrecklich böse, dass Weiß Karlientje nicht um die Ecke war. Rasch lief sie hinaus, nachzuschauen, ob ihr Schwarz Karlientje noch lebe. Es hatte noch sein Kumm voll Mehlspeise und weinte blutige Tränen. Der Kopf, greinte es, schmerze zum Zerspringen. Die Mutter aber begriff nicht, warum Weiß Karlientje nicht tot war, und sie glühte vor Ärger.

Einmal ging ein alter Krämer mit drei Nussknackern vorbei. Sobald er Weiß Karlientje erblickte, nahm er seine Kraxe vom Rücken und zeigte all sein Zuckerwerk und sein Kranzgebäck, und die drei Nusshäher an ihrem Riemen knackten Haselnüsse für Weiß Karlientje. Das Mädchen hatte solch einen Spaß – und der Krämer gab von allem umsonst, weil Weiß Karlientje so erfreulich war. Doch mit einem Mal zog Schwarz Karlientje die obere Halbtür auf und spähte über die Klinke, um das auch mitanzuschauen. Doch sobald der Krämer Schwarz Karlientjes Kopf sah, nahm er seine Kraxe auf den Rücken, und seine Nussknacker kobolzten vor Schwarz Karlientjes Blick, weil Schwarz Karlientje so hässlich war. Dabei war sie aber ein gutes Kind.

Der Mutter gab es einen Stich ins Herz. Sie konnte

es nicht ertragen. Und sie sagte: »Koste es, was es wolle, Weiß Karlientje muss sterben.« Sieben Tage lief sie umher und grübelte, wie sie Weiß Karlientje um die Ecke bringen könnte. Dann ging sie zu einem alten, üblen Windmüller, der auf seinem Mühlenwall damit beschäftigt war, die Mühlsteine aufzusetzen. Wenn dieser Windmüller wollte, konnte er den Teufel dazu bringen, die Mühlentüren ohne Wind zu drehen. Sie bat den Müller, die Mühlsteine am Weg so leicht an vier Stöcke anzulehnen, dass man nur einen von den vier Stöcken anstoßen musste, um die ganzen Mühlsteine auf den Balg zu kriegen. Und der Windmüller sagte, dass er seine Steine für zwei Wochen auf die Kippe setzen werde. Und er ging und tat es auf der Stelle.

Die Mutter aber war sehr vergnügt und sie zeigte Schwarz Karlientje, wie die Mühlsteine standen. »Schau, Karlientje«, sagte sie, »wenn du morgen mit Weiß Karlientje den Sack Korn zur Mühle bringst, musst du dich fallen lassen, bevor ihr an den Stöcken seid. Und dann lass Weiß Karlientje den Sack allein gegen die Stöcke schleppen. Stößt sie daran, so wird sie zerfetzt. Und du allein wirst Mutters Frulleke sein.«

Schwarz Karlientje sagte, dass alles recht sei. Doch anderntags, als Weiß Karlientje den Sack gegen die Stöcke schleppen will: »Weiß Karlientje, ich hab dich doch so gern. Aber du darfst es der Mutter nicht verraten. Sie will dich ermorden. Und sie hat die Stöcke so gesetzt, dass dir die Mühlsteine auf den Leib stürzen und dass sie dich in Fetzen schmettern. Lass uns den Sack selbst gegen die Stöcke werfen. Vor lauter Freude nahm Weiß Karlientje die Schwester in die Arme. Und dann taten sie, wie Schwarz Karlientje es gesagt hatte. Und das war gut abgepasst, denn im Sack saßen fünf Ratten und die waren allesamt hin. Danach – tik, tik, tik an der Vordertür –: »Ha, Karlientje, bist du da?«, rief die Mutter von innen.

»Ja, liebes Mütterchen, ich bin es«, sagte Weiß Karlientje. Aber mit einem Mal wurde die Mutter so böse, dass Weiß Karlientje nicht tot war. Und sie lief rasch nach draußen und zum Mühlenwall, zu schauen, ob Schwarz Karlientje noch lebe. Da lag sie hingestürzt und weinte blutige Tränen, weil das Bein so sehr schmerze, dass sie nicht mehr weiterkönne. Die Mutter aber verstand nicht, warum Weiß Karlientje nicht tot war. Und sie glühte vor Ärger.

Sie hob Schwarz Karlientje auf und trug sie vorsichtig heim und legte sie oben aufs Bett und deckte sie mit einer schönen weißen Decke zu. Dann lief die Mutter zum Schweinekoben, um Weiß Karlientje darin verschlingen zu lassen. Und sie ergriff ein Hackmesser, um Weiß Karlientje damit den Kopf abzuschlagen. Doch Weiß Karlientje floh durch den Keller und das Kellerloch. Und sie lief und lief – so weit, dass ihre Mutter sie nicht mehr einholen konnte.

Aber bald gelangte Weiß Karlientje an ein großes Wasser. Von fern war keine Brücke zu sehen, um hinüberzukommen. Als Weiß Karlientje jedoch näher kam, staken dort eine ganze Menge pechschwarzer Arme aus dem Wasser, eine lange Reihe, wohl tausend hintereinander. Und alle die Hände zusammen, das war so gut wie eine breite Planke, um darüberzugehen. Da sie nie und nimmer zurückkehren konnte, fing Weiß Karlientje bitterlich zu schreien und zu weinen an. Doch schließlich machte sie ein Kreuz und ging über die Hände. Als sie freilich mitten über dem Wasser war, wurden die Hände, auf denen sie ging, zu Klauen. Und die Klauen versuchten, Weiß

Karlientje bei den Fersen ins Wasser zu ziehen. Es waren Wassermänner und Blutsäufer. Doch da kam mit einem Mal eine schöne weiße Frau über die Hände gelaufen und die Klauen wagten nicht, nach ihren Fersen zu greifen. Die schöne Frau ergriff Weiß Karlientje, als sie schon bis zu den Ellbogen ins Wasser gezogen worden war. »Kuscht, kuscht!«, rief sie den Wassermännern und Blutsäufern zu und lief mit dem Mädchen bis zum anderen Ufer hinüber. Sie hatte Weiß Karlientje herzlich gern und umarmte sie, weil sie so lieb war.

Die weiße Frau war die Herrin des Wassers und all der Gehölze ringsum. Sie besaß alles, was sie begehrte. Und sie fing an, Weiß Karlientje so gern zu sehen, dass sie ihr alles – Herz, was begehrst du – gab. »Willst du blaue Trauben haben, Karlientje?«, fragte sie und schlug mit einer Rute auf einen Rebenast – und schon trug er schöne Trauben. »Willst du hübsche Kleider haben, Karlientje?«, fragte sie, schlug mit ihrer Rute an einen Baum – und der Baum öffnete sich und er hing voll blauer Seidenkleider und Bänder. »Willst du übers Wasser fahren, Karlientje?«, fragte sie, schlug mit der Rute aufs Wasser – und sogleich lag da ein wunderschönes Ruderboot. Die Wassermänner und Blutsäufer durften ihm nicht zu nahe kommen.

Weiß Karlientje war so glücklich, sie hätte nicht glücklicher werden können. Da kam eines Tages ein König vorüber. Er zog mit Trompetenschall am Wasser entlang und durch das Gehölz. In aller Eile kam die weiße Frau zu Weiß Karlientje gelaufen: »Karlientje, ich muss fort«, sagte sie. »Du wirst mich nicht mehr sehen, aber du kannst zwei Wünsche tun. Und was du wünschst, soll sich erfüllen.« Die weiße Frau flog davon. Und Weiß Karlientje wünschte, dass Schwarz Karlientje bei ihr sein möge. Die

Blätter und Bäume rauschten – und Schwarz Karlientje war da. Doch Weiß Karlientje war stets verdrießlich, dass Schwarz Karlientje nicht so schön war. Und sie grübelte fortwährend, wie sie alle beide glücklich werden könnten. Und Weiß Karlientje wünschte, dass sie sich in zwei der schönsten Schwäne verwandeln sollten, die man sich erträumen konnte. Seitdem schwammen sie auf dem Wasser und die Wassermänner und Blutsäufer kamen nicht bei, ihnen Böses anzutun.

Doch eines Tages wurde das Wasser blutrot. Sie wussten nicht, wovon. Aber es war die Dornenhecke, die ihre Mutter nun selbst mit zwölf Dornen gestochen hatte. Es war das Blut ihrer Mutter, das mit dem Wasser geflossen kam. Ein andermal verbreitete das Wasser einen solch giftigen Geruch und die beiden wussten nicht, wovon. Aber das kam von der Zauberin, die Krötengift in Mutters Mehlspeise getan hatte. Sie war halb tot, denn sie hatte die Hälfte davon gegessen und die andere ins Wasser fallen lassen. Aber dann brachte das Wasser auch einmal 100 000 Fetzen Fleisch mit und die beiden wussten nicht, wovon. Aber es kam von dem Windmüller, der seine Mühlsteine von einem Kirchturm auf die Mutter geworfen hatte, so dass sie in lauter Fetzen geflogen war, die ins Wasser fielen und davongetragen wurden. Die Wassermänner freilich, als sie das böse Frauenfleisch sahen, haben Eidechsen daraus gemacht. Daher also stammen die Eidechsen. Aus, Pataus, unser Märchen ist aus.

VON DER SCHÖNEN ANGIOLA

Italien, Sizilien

Es waren einmal sieben Nachbarinnen, die waren alle zur gleichen Zeit schwanger. Als sie eines Tages beisammensaßen, sagte eine von ihnen: »Ach, liebe Freundinnen, ich habe einen solchen Heißhunger auf Brustbeeren und es sind nirgendwo welche zu haben.«

»Ich sehne mich auch nach Brustbeeren«, sprach eine Zweite.

»Ich auch, ich auch«, riefen sie alle.

Die Dritte aber sagte: »Wisst ihr, wo die schönsten Brustbeeren wachsen? Dort gegenüber in dem Garten, der der Hexe gehört. Aber wir können da keine pflücken, denn wenn sie uns erwischt, frisst sie uns auf. Und obendrein hat sie einen Esel, der bewacht den Garten und wird uns gleich verraten.«

Da rief die Erste wieder: »Ich habe aber ein solches Verlangen nach Brustbeeren! Kommt nur mit, die Hexe ist jetzt nicht zu Hause und wird es nicht gleich merken, wenn wir einige Beeren nehmen. Und dem Esel wollen wir so saftiges Gras vorwerfen, dass er nicht weiter auf uns achtet.« Die anderen ließen sich überreden, und so schlichen sie alle sieben in den Garten der Hexe, warfen dem Esel schönes, saftiges Gras vor und pflückten sich ihre Schürzen voll Brustbeeren. Sie kamen auch glücklich aus dem Garten heraus, ehe die Hexe nach Hause kam.

Am nächsten Abend aber, als die sieben Nachbarinnen wieder beieinandersaßen, erwachte von Neuem das Verlangen nach den guten Brustbeeren in ihnen, und obwohl sie sich vor der Hexe fürchteten, konnten sie doch ihren Heißhunger nicht bezwingen und schlichen sich zum zweiten Mal in den Garten. Sie warfen dem Esel frisches Gras vor, pflückten sich die Schürzen voll mit Brustbeeren und entwischten wieder glücklich, ehe die Hexe zurückkam.

Die Hexe aber merkte sehr wohl, dass jemand in ihrem Garten gewesen war, denn es fehlten ihr viele Brustbeeren. Da fragte sie den Esel, der aber hatte das schöne, saftige Gras gefressen und auf sonst nichts geachtet. Also beschloss sie, am dritten Tag selbst im Garten zu bleiben. In der Mitte des Gartens war eine Grube, da hinein versteckte sie sich, deckte sich mit Blättern und Zweigen zu, und nur ein langes Ohr von ihr schaute heraus.

Die sieben Nachbarinnen aber saßen wieder beieinander und als sie an die guten Brustbeeren dachten, erwachte von Neuem der Heißhunger in ihnen. Die eine sagte: »Wir wollen heute lieber nicht hingehen, die Hexe könnte uns doch einmal ertappen und dann geht es uns schlecht.« Die anderen aber lachten und sagten: »Es ist uns jetzt zwei Mal geglückt, warum sollten wir heute kein Glück haben? Komm nur mit.«

Also ließ sie sich überreden und sie schlichen sich wieder alle sieben in den Garten. Als sie nun die Brustbeeren pflückten, bemerkte die eine das lange Ohr der Hexe, das aus den Blättern hervorschaute. Sie glaubte, es wäre ein Pilz, ging hin und wollte ihn pflücken. Da sprang die Hexe aus der Grube und die sieben Frauen liefen schreiend davon. Die eine aber konnte nicht so schnell entwischen, und die Hexe fing sie und wollte sie fressen.

»Ach«, bat die Frau, »fresst mich nicht. Ich hatte ein solches Verlangen nach ein paar Brustbeeren und konnte sonst nirgendwo welche bekommen. Ich will auch gewiss nie wieder in euren Garten eindringen.« – »Nun gut«, sagte die Hexe schließlich, »für diesmal will ich dir verzeihen, aber nur unter der Bedingung, dass du mir das Kind versprichst, das du zur Welt bringen wirst. Sei es ein Knabe oder ein Mädchen, wenn es sieben Jahre alt ist, musst du es mir geben.« Da versprach die Frau es in ihrer Herzensangst und die Hexe ließ sie los.

Zu Hause warteten die sechs Nachbarinnen auf sie und fragten, wie es ihr ergangen sei. »Ach«, antwortete sie, »ich habe ihr das Kind versprechen müssen, das ich zur Welt bringen werde, sonst hätte sie mich gefressen.« Als nun ihre Stunde kam, gebar die Frau ein wunderschönes Mädchen und nannte es Angiola. Das Kind wuchs heran, gedieh prächtig und wurde mit jedem Tage schöner.

Als Angiola sechs Jahre alt geworden war, schickte ihre Mutter sie in die Schule zu einer Lehrerin, bei der sie nähen und stricken lernte. Wenn Angiola in die Schule ging, musste sie jedes Mal an dem Garten der Hexe vorbei. Als sie nun beinahe sieben Jahre alt war, stand eines Tages die Hexe vor dem Garten, winkte ihr, schenkte ihr schöne Früchte und sprach: »Weißt du, schöne Angiola, ich bin deine Tante. Sage deiner Mutter, du hättest die Tante gesehen, und sie solle ihr Versprechen nicht vergessen.«

Angiola ging heim und richtete der Mutter aus, was die Hexe gesagt hatte. Die war sehr erschrocken und sprach: »Ach, jetzt ist die Zeit gekommen, wo ich mein armes Kind von mir geben muss! Weißt du was, Angiola? Wenn die Tante dich morgen nach der Antwort fragt, so sag ihr, du hättest vergessen, es mir auszurichten.«

Als nun Angiola am anderen Tag in die Schule ging, war die Hexe auch schon da und fragte sie: »Nun, was hat deine Mutter gesagt?«

»Ach, liebe Tante«, antwortete das Kind, »ich habe vergessen, es ihr zu sagen.«

»Nun gut, so sage es ihr heute«, sprach die Hexe, »aber vergiss es nicht wieder.«

So vergingen einige Tage. Die Hexe lauerte der schönen Angiola immer auf, wenn sie zur Schule ging, und wollte wissen, welche Antwort die Mutter gegeben habe. Angiola jedoch behauptete jedes Mal, sie habe vergessen, es der Mutter auszurichten. Eines Tages aber wurde die Hexe böse und sprach: »Wenn du so vergesslich bist, muss ich dir eben ein Zeichen mitgeben, das dich an meinen Auftrag erinnert.« Sie packte den kleinen Finger von Angiola und biss so tief hinein, dass sie ein ganzes Stück herausbiss, und sagte dann: »So, jetzt geh nach Hause und vergiss nicht, es deiner Mutter zu sagen.« Weinend ging Angiola heim und zeigte der Mutter das verwundete Fingerlein. »Ach«, dachte die Mutter, »jetzt hilft nichts mehr, jetzt muss ich mein armes Kind der Hexe geben, sonst frisst sie es noch in ihrem Zorn.« Als nun Angiola am nächsten Morgen zur Schule ging, sprach die Mutter zu ihr: »Sage der Tante, sie solle mit dir machen, was sie für richtig hält.« Das tat Angiola und die Hexe sprach: »Gut, so komm mit mir, denn jetzt gehörst du mir.«

Also nahm die Hexe die schöne Angiola mit und führte sie weit fort in einen Turm, der hatte keine Türen und nur ein einziges Fenster. Da lebte Angiola mit der Hexe und hatte es gut bei ihr, denn die Alte liebte sie wie ihr eigenes Kind. Wenn nun die Hexe von ihren Ausgängen nach Hause kam, stellte sie sich unter das Fenster und rief: »Angiola, schöne Angiola, lass deine schönen Zöpfe herunter und zieh mich hinauf.« Angiola aber hatte wunderschöne lange Zöpfe, die ließ sie herunter und zog die Hexe damit herauf.

Nun begab es sich eines Tages, als Angiola ein großes, schönes Mädchen geworden war, dass der Königssohn auf die Jagd ging und dabei in die Gegend geriet, wo der Turm stand. Er wunderte sich über das Haus ohne Tür und dachte: »Wie kommen denn die Leute da hinein?« Da kam eben die alte Hexe von einem Ausgang zurück, stellte sich unter das Fenster und rief: »Angiola, schöne Angiola, lass deine schönen Zöpfe herunter und zieh mich hinauf.« Sogleich fielen die langen Zöpfe herunter und die Hexe kletterte daran herauf. Das gefiel dem Königssohn gar wohl und er blieb in der Nähe versteckt, bis die Hexe wieder fortgegangen war. Dann stellte er sich unter das Fenster und rief: »Angiola, schöne Angiola, lass deine schönen Zöpfe herunter und zieh mich hinauf.« Da warf Angiola ihre schönen Zöpfe hinunter und zog den Königssohn herauf, denn sie glaubte, es wäre die Hexe. Als sie nun den Königssohn sah, war sie anfangs sehr erschrocken, er aber redete ihr mit freundlichen Worten zu und bat sie, mit ihm zu fliehen und seine Gemahlin zu werden. Angiola willigte ein. Damit aber die Hexe nicht erfahren sollte, wohin sie gegangen sei, gab sie allen Stühlen, Tischen und Schränken im Haus zu essen, denn das waren alles lebendige Wesen und konnten sie verraten. Der Besen jedoch stand hinter der Tür, den bemerkte sie nicht und gab ihm nichts zu essen. Dann holte sie sich aus der Kammer der Hexe drei Zauberknäuel und floh mit dem Königssohn. Die Hexe besaß aber auch einen kleinen Hund, der hatte die schöne Angiola so lieb, dass er ihr nachlief.

Es dauerte nicht lange, da kam die Hexe zurück nach Hause und rief: »Angiola, schöne Angiola, lass deine schönen Zöpfe herunter und zieh mich hinauf.« Aber die Zöpfe fielen nicht herunter, soviel sie auch rufen mochte, und am Ende musste sie eine lange Leiter holen und durch das Fenster hineinsteigen. Als sie nun die schöne Angiola nirgends fand, fragte sie die Tische, die Stühle und die Schränke: »Wo ist sie hin verschwunden?« Die antworteten: »Wir wissen es nicht.« Nur der Besen rief aus seiner Ecke hervor: »Die schöne Angiola ist mit dem Königssohn geflohen, die beiden wollen heiraten.«

Da machte sich die Hexe auf, um sie zu verfolgen, und hätte sie auch beinahe eingeholt. Angiola aber warf ein Zauberknäuel hinter sich und es entstand ein großer Berg aus Seife. Als nun die Hexe darüberklettern wollte, glitt sie immer wieder zurück. Sie strengte sich jedoch so lange an, bis sie glücklich darüberkam, und eilte ihnen wieder nach. Da warf die schöne Angiola auch das zweite Zauberknäuel hinter sich und es entstand ein großer Berg, der war mit großen und kleinen Nägeln gespickt. Da musste die Hexe wieder lange arbeiten, bis sie endlich ganz zerschunden darüberkam. Als nun Angiola sah, dass die Hexe sie schon wieder beinahe eingeholt hatte, warf sie auch das dritte Knäuel hinter sich, aus dem entstand ein reißender Strom. Die Hexe wollte hinüberschwimmen, aber der Strom wurde immer reißender, sodass sie schließlich umkehren musste. Da rief sie im Zorn der schönen Angiola noch eine Verwünschung nach und sprach: »So möge denn dein schönes Gesicht in ein

Hundegesicht verwandelt werden!« Im selben Augenblick wurde Angiolas schönes Gesicht in ein Hundegesicht verwandelt.

Der Königssohn war sehr betrübt darüber und sprach: »Wie soll ich dich nun zu meinen Eltern bringen? Die werden niemals erlauben, dass ich ein Mädchen mit einem Hundegesicht heirate.« Also führte er sie in ein kleines Häuschen, darin sollte sie wohnen, bis der böse Zauber von ihr genommen wäre. Er selbst kehrte zu seinen Eltern zurück und lebte mit ihnen. Wenn er aber auf die Jagd ging, kam er zum Häuschen und besuchte die arme Angiola. Die weinte oft bitterlich über ihr Unglück, bis eines Tages das Hündlein zu ihr sprach: »Weine nicht, schöne Angiola. Ich will mich aufmachen und zur Hexe gehen und sie bitten, dass sie den Zauber von dir nimmt.«

Also machte sich das Hündlein auf den Weg und kehrte zur Hexe zurück, sprang an ihr hinauf und schmeichelte ihr.

»Bist du wieder da, undankbares Tier?«, rief die Hexe und stieß das Hündlein von sich. »Hast mich verlassen, um der undankbaren Angiola zu folgen!«

Da schmeichelte ihr das Hündlein, bis sie wieder freundlich wurde und es auf ihren Schoß nahm.

»Mutter«, sprach nun das Hündlein, »die arme Angiola lässt euch die Hände küssen. Sie ist sehr traurig, denn sie darf mit dem Hundegesicht nicht in das Schloss und kann den Königssohn nicht heiraten.«

»Das geschieht ihr recht«, sprach die Hexe, »warum hat sie mich betrogen. Nun kann sie ihr Hundegesicht auch behalten.«

Da bat das Hündlein ganz lieb und meinte, die arme Angiola sei genug gestraft, und es bat so lange, bis die

Hexe ihm endlich ein Fläschchen mit Wasser gab und sprach: »Bring ihr das, so wird sie wieder die schöne Angiola werden.«

Das Hündlein dankte, sprang mit dem Fläschchen davon und brachte es glücklich zur armen Angiola. Als die sich mit dem Wasser wusch, verschwand das Hundegesicht, und sie wurde wieder schön, noch schöner, als sie bisher gewesen war. Der Königssohn führte sie voll Freude auf sein Schloss, und der König und die Königin waren so entzückt von ihrer Schönheit, dass sie sie von Herzen willkommen hießen und eine glänzende Hochzeit veranstalteten. Da waren sie glücklich und zufrieden, wir aber haben das Nachsehen.

DAPHNE

Rumänien

Es war einmal, was nicht war. Wäre es jedoch nicht gewesen, so könnte ich es nicht erzählen. Es war einmal ein Kaiser, dem war seine Frau gestorben. Die Kaiserin hinterließ ihm ein Töchterchen, ein liebliches Mädchen, das sah ihr recht ähnlich. Und je größer Daphne wurde, umso größer wurde auch die Ähnlichkeit mit der verstorbenen Mutter. Auch der Kaiser hat dies mit Verwunderung bemerkt und er fragte sich: »Wache ich oder träume ich? Kann es sein, dass meine Frau wiedererstanden ist?«

Und eines Nachts ist der Kaiser in das Schlafzimmer seiner Tochter gegangen und wollte sich zu ihr legen. Daphne aber ist aufgewacht und ist – nackt, wie sie war – in den Wald geflohen.

Der Kaiser hat sich in Eile angezogen, um sie zu verfolgen. Aber als die Tochter im Wald sah, dass der Vater ihr folgte, rief sie: »Mutter hilf mir und verwandle mich in einen Lorbeerbaum!« Und so ist es geschehen.

Der Kaiser aber hat seine Tochter vergeblich gesucht, ist nach Hause zurückgekehrt und gestorben.

Tausend Jahre sind darüber vergangen.

Einmal ereignete es sich, dass ein Kaisersohn im Wald gejagt hat. Und als er dorthin kam, wo der Lorbeerbaum stand, sagte er: »Das ist hier ein lieblicher Ort, hier will ich bleiben. Schlagt mir da vorne mein Zelt auf!«

In der Nacht aber, als der Prinz schlief, hat sich Daphne in ein Mädchen verwandelt und – nackt, wie sie war – ist sie in das Zelt des Kaisersohnes geschlüpft und hat mit ihm das Lager geteilt. Bevor es Morgen wurde, ist sie aus dem Zelt herausgekrochen und wollte sich wieder in den Lorbeerbaum verwandeln. Sie rief: »Mutter, verwandle mich wieder in Lorbeer!« Aber die Stimme der Mutter antwortete: »Ich kann nicht. Du bist nicht mehr mein Kind, sondern eines anderen Frau.«

Da ist Daphne wieder ins Zelt geschlüpft und hat sich neben den Burschen gelegt. Und wie der Kaisersohn aufwachte, begriff er, dass er nicht geträumt hatte. Er versprach Daphne, sie mit heimzunehmen und zur Kaiserin zu machen, und das Mädchen schenkte ihm Glauben. Dreißig Tage und dreißig Nächte haben die beiden da zusammen gewohnt.

Dann sagte der Kaisersohn eines Tages: »Es ist Zeit, dass ich heimkehre. Bleib du hier und warte, bis ich dich holen lasse.«

»Und warum nimmst du mich nicht gleich mit?«

»Ich muss alles erst meinem Vater, dem Kaiser, und meiner Mutter, der Kaiserin, erzählen und die Hochzeit vorbereiten.«

»Gut, so nimm hier dieses Lorbeerblatt mit dir!«

Der Prinz ließ Daphne das Zelt als Wohnung zurückgelassen und ritt heim. Doch wie er nach Hause kam, war sein Vater schwer krank, und er konnte ihm nicht erzählen, dass er sich verlobt hatte. Einige Zeit darauf ist der Kaiser gestorben. Die Mutter des Burschen hat sich so gegrämt, dass sie auch krank geworden ist, und so konnte der junge Kaiser wieder nichts sagen. Und nach einigen Monaten ist auch die alte Kaiserin gestorben.

Der junge Kaiser hatte Daphne nun ganz vergessen. Aber lassen wir ihn, und sehen wir, was Daphne machte!

Daphne lebte weiter in dem Zelt, bis ihre Zeit gekommen war, da hat sie einen Sohn geboren. Mit dem Kind wohnte sie weiter in dem Zelt und ernährte sich von den Früchten des Waldes.

Als der Junge sechs Jahre alt war, sagte die Mutter eines Tages: »Söhnchen, Schatz der Mutter, lauf in die Kaiserstadt und bring dem Herrscher dieses Lorbeerblatt! Dazu sollst du sagen:

> Bin ein Blatt vom Baum,
> glaubst du es auch kaum.
> Schau nur unters Kissen:
> alles wirst du wissen.

Kannst du dir das merken?«

»Ich kann es, Mutter«, sagte das Kind.

Was soll ich sagen? Der Kleine lief flink wie der Wind in die Kaiserstadt und ließ sich zum Herrscher führen. Der grüßte den Jungen freundlich und sagte: »Woher kommst du? Was begehrst du? Wenn mein Herz dich sieht, wird es so fröhlich.«

»Ich komme aus dem Wald«, sagte der Kleine, »und ich soll dir dieses Lorbeerblatt bringen und sagen:

> Bin ein Blatt vom Baum,
> glaubst du es auch kaum.
> Schau nur unters Kissen:
> alles wirst du wissen.

Das ist alles.«

Der Kaiser schüttelte den Kopf und sagte: »Das sind ja seltsame Dinge. Aber du machst mich neugierig. Ich will also unter mein Kopfkissen schauen.«

Und so nahm der Kaiser das Kind an der Hand und ging mit ihm in sein Schlafgemach. Wie er das Kopfkissen aufhebt, da findet er dort ein Lorbeerblatt, genau so eins, wie es ihm der Kleine gebracht hat. Da sind dem Kaiser die Augen aufgegangen, und er hat sich an Daphne erinnert. Er ließ sofort zwei Pferde satteln und ist mit seinem Sohn zu seiner Frau geritten. Die war noch dort im Wald, wo er sie verlassen hatte. Sie war wie ein Mann gekleidet, weil sie ja nur die Kleider hatte, die vom Kaiser dort zurückgelassen worden waren.

Aber jetzt hat der Kaiser ihr Frauenkleider mitgebracht und sie kleidete sich wieder wie eine Frau. Der Kaiser nahm sie mit in die Stadt und dann haben sie eine große Hochzeit gehalten. Und bei der Feier in der Kirche hat er nicht seine Krone, sondern einen Kranz aus Lorbeerzweigen getragen. Und die Kaiserin auch.

Danach haben sie gegessen und getrunken neun Tage und neun Nächte hindurch.

Und dort bin auch ich gewesen,
hab getrunken und gegessen,
hab beim Tanzen den Rock ausgezogen.
Und alles ist wahr, und nichts ist erlogen.

DIE STIEFKINDER

Algerien, Kabylen

Da war einmal ein Mann, der heiratete zwei Frauen. Von der ersten Frau bekam er ein Mädchen und danach einen Knaben. Von der zweiten Frau erhielt er dann noch ein Mädchen. Diese zweite Frau verstand es ausgezeichnet, Burnusse zu weben. Eines Tages, als die Kinder der ersten Frau schon draußen umherliefen und spielten, während ihre eigene Tochter noch im Hof blieb, rief sie die Kinder der ersten Frau zu sich und sagte: »Wenn ihr eure Mutter tötet, webe ich euch zur Belohnung schöne Burnusse.«

Die Kinder liefen hinaus vor das Dorf, wo die Steine waren, und fingen dort in einem Ledersack giftige Schlangen. Dann gingen sie zur Mutter und sagten: »Mutter, sieh einmal, was wir gefangen haben! Steck einmal deine Hand in den Ledersack!« Die Mutter tat es. Sogleich wurde sie von den giftigen Schlangen gebissen und alsbald wusste sie auch, dass sie sterben würde. Sie legte sich nieder und sagte zu den Kindern: »Meine Kinder, ich werde sterben. Ich weiß sehr wohl, dass ihr es nicht wart, die mich getötet haben. Hört gut zu und vergesst nicht, was ich euch jetzt sage: Sorgt dafür, dass die Kuh, die draußen auf dem Felde steht, niemals verkauft wird. Wenn ihr nicht genug zu essen habt, geht zur Kuh und lasst euch von ihr ernähren. Danach kommt an mein Grab und holt euch Rat.« Nach diesen Worten starb die Mutter.

Die beiden Kinder gingen zu der zweiten Frau und sagten: »Nun webe uns die Burnusse, die du uns versprochen hast.« Die zweite Frau aber sagte: »Macht, dass ihr hinauskommt, ihr seid schlechte Kinder, die keine Burnusse verdient haben.« So jagte die zweite Frau die Kinder der verstorbenen ersten Frau fort und gab ihnen nicht einmal etwas zu essen, ihrer eigenen Tochter aber gab sie immer reichlich. Die beiden Kinder liefen hinaus und spielten dort den Tag über. Als sie nach Hause kamen, weil sie Hunger hatten, jagte die zweite Frau sie wieder weg. Da liefen die Kinder zu der Kuh, ergriffen ihr Euter und tranken sich satt.

So ging es nun alle Tage: Das kleine Mädchen der zweiten Frau bekam jeden Tag das beste Essen, die beiden älteren Kinder der verstorbenen ersten Frau jedoch wurden jeden Tag hinausgejagt und ernährten sich mithilfe der Kuh. Dabei blieb aber das kleine Mädchen der zweiten Frau mager und schwächlich, während die beiden Kinder der ersten Frau stark und kräftig und sehr schön wurden. Das ging eine lange Zeit so und die beiden älteren Kinder wurden immer größer, schöner und kräftiger, trotzdem sie von der zweiten Frau nur die allerschlechtesten Abfälle vorgesetzt bekamen.

Eines Tages sagte die zweite Frau zu ihrem eigenen kleinen Mädchen: »Ich weiß nicht, wie es kommt, dass du so elend und mager ausschaust, obwohl ich dir das beste Essen vorsetze, während die beiden Kinder der verstorbenen Frau schön, stark und groß werden, obwohl sie von mir nur die allerschlechtesten Abfälle bekommen. Geh doch einmal mit den beiden Kindern tagsüber auf das Feld, spiel mit ihnen und sieh, ob sie nicht noch irgendeine andere Nahrung haben. Wenn sie noch etwas anderes genießen, so iss du ebenfalls davon und wir wollen dann sehen, ob du nicht auch so schön, stark und kräftig wirst.«

Das Mädchen der zweiten Frau lief also mit den beiden älteren Kindern am nächsten Tag auf das Feld und sie spielten zusammen. Abends gingen die beiden Kinder der ersten Frau zu ihrer Kuh und sättigten sich. Als sie von der Kuh zurücktraten, wollte die Tochter der zweiten Frau sich in der gleichen Weise sättigen und sie legte sich auch unter die Kuh. Da gab die Kuh ihr aber einen Tritt, der sie ins Gesicht traf und ihr das rechte Auge ausschlug. Das kleine Mädchen lief nach Hause und erzählte weinend alles seiner Mutter.

Die zweite Frau war über das Unglück, das ihre Tochter getroffen hatte, sehr zornig. Sie lief sogleich zu ihrem Mann und sagte: »Bring morgen die Kuh, die auf dem Feld steht, auf den Markt und verkaufe sie.« Der Mann antwortete: »Ich will es tun.« Am anderen Morgen brachte er die Kuh auf den Markt und bot sie zum Verkauf an, aber niemand wollte sie haben. So kam der Mann am Abend mit der Kuh wieder zurück und die Frau sagte: »Versuch es am nächsten Markttag noch einmal.« So ging der Mann am zweiten Markttag wieder hin und bot die Kuh an, musste sie aber erneut mit nach Hause nehmen, weil niemand sie kaufen wollte. Da sagte die zweite Frau wieder: »Versuch es am nächsten Markttag noch einmal.«

Am dritten Markttag führte der Mann die Kuh wieder auf den Markt und bot sie zum Verkauf an. Die zweite Frau aber verkleidete sich als Mann und da sonst niemand die Kuh haben wollte, kaufte sie sie ihrem Mann ab. Er aber erkannte sie in ihrer Verkleidung nicht. Nachdem die Frau die Kuh erworben hatte, brachte sie sie sogleich zum Schlachter des Ortes und sagte: »Schlachte diese Kuh und verkaufe das Fleisch zu welchem Preis du willst.« Der Schlachter schlachtete die Kuh und teilte sie auf. Sobald die Frau das mit angesehen hatte, ging sie zufrieden nach Hause.

Die beiden Kinder der verstorbenen ersten Frau aber gingen zum Grab ihrer Mutter und sagten: »Höre, Mutter, die Kuh ist geschlachtet! Sie ist tot! Wovon sollen wir nun leben?« Da sprach die Mutter aus dem Grab: »Geht und lasst euch von dem Schlachter den Magen der toten Kuh geben. Bringt ihn her und schüttet ihn hier auf dem Grab aus.« Die beiden Kinder gingen zum Schlachter und baten ihn um den Magen der Kuh, die ihrer verstorbenen Mutter gehört hatte. Der Schlachter gab ihnen den Magen und die Kinder kehrten zum Grab zurück. Dort öffneten sie den Magen und gossen den Inhalt aus. So entstanden zwei Löcher, in dem einen war Honig und in dem anderen war Butter. Die Kinder aßen die Butter und den Honig und von dem Tage an kamen sie jeden Abend zum Grab der Mutter und aßen sich satt. Die Stiefmutter mochte ihnen noch so schlechtes Essen geben, die beiden Kinder wurden immer schöner, größer und stärker, während ihre eigene Tochter, obwohl sie immer das beste Essen bekam, elend, mager und hässlich blieb.

So wuchsen die beiden Kinder der ersten Frau heran und waren schön, stark, groß und erwachsen geworden. Da sagte die zweite Frau eines Tages zu ihrer Tochter: »Geh hin und sieh, was die Kinder der verstorbenen Frau zu sich nehmen, dass sie so schön und stark sind. Dann genieß du das Gleiche, damit du ebenso wirst.« Das Mädchen machte es so, wie die Mutter ihr befohlen hatte, ging den beiden größeren Kindern nach und sah, wie sie sich abends von dem Honig und der Butter vom Grab der

Mutter ernährten. Da wollte die Tochter der zweiten Frau auch aus den beiden Gruben Honig und Butter nehmen, aber der Honig wurde zu Blut und die Butter zu Eiter. Schaudernd lief das Mädchen nach Hause und erzählte alles seiner Mutter.

Da wurde die zweite Frau sehr zornig. Am anderen Morgen ging sie ganz früh zum Grab der verstorbenen Frau, öffnete es, nahm ihre Gebeine heraus und verbrannte sie. Als die beiden Kinder am Abend zu dem Grab kamen, um aus der Grube Honig und Butter zu nehmen, fanden sie alles zerstört. Die Mutter aber sagte zu ihren Kindern: »Ich kann euch jetzt nicht mehr helfen, denn mein Grab ist zerstört und meine Knochen sind verbrannt. Ihr aber seid jetzt erwachsen und könnt selbst handeln. Verlasst dieses Land und geht in ein anderes.« Darauf weinten die beiden Kinder am Grab der Mutter und dann machten sie sich auf den Weg und wanderten fort.

Bald erreichten sie ein fremdes Land. Als es Abend wurde, kamen sie an einen großen Baum, dessen Krone hoch über einer Quelle aufragte. Da stiegen das Mädchen und der Bursche auf den Baum und setzten sich in die Krone, um dort die Nacht zu verbringen. Ehe es dunkel wurde, kam aber noch eine alte Frau, die wollte Wasser aus der Quelle schöpfen. Im Wasserspiegel erblickte sie das Abbild des Mädchens und sah, dass sie schöner war, als jedes andere Mädchen im ganzen Land. Sofort lief sie zurück ins Dorf, eilte zum Haus des Agelith, des Dorfvorstehers, und sagte zu ihm: »Agelith, in der Baumkrone über der Quelle haben sich zwei junge Menschen versteckt, ein Mädchen und ein Bursche. Das Mädchen ist so schön, wie ich noch niemals eines im ganzen Land gesehen habe, komm und sieh selbst!«

Da machte sich der Agelith mit der alten Frau auf den Weg zu dem Baum. Er sah das schöne Mädchen und fragte: »Wer seid ihr?« Das Mädchen antwortete: »Wir sind Bruder und Schwester und fliehen, weil wir uns vor der zweiten Frau unseres Vaters fürchten.« Da sagte der Agelith: »Kommt herab! Ich schwöre dir, Mädchen, dass ich dir nichts Schlimmes antun werde.« Das Mädchen aber sprach: »Schwöre, dass du auch meinen Bruder ansehen willst als deinen eigenen Bruder und Verwandten.« Der Agelith schwor. Da stieg das Mädchen mit dem Bruder vom Baum herab und beide folgten dem Agelith, der sie in das Dorf führte und ihnen eine gute Unterkunft gab.

Am anderen Tag kam der Agelith schon am frühen Morgen, um sich nach dem Befinden des Mädchens und des Burschen zu erkundigen. Er sah nun, wie schön das Mädchen war, und fragte sie, ob sie ihn zum Gatten nehmen wolle. Da fragte sie ihren Bruder, ob er damit einverstanden wäre, und dann nahm das Mädchen den Agelith zum Manne. Der Agelith veranstaltete ein großes Hochzeitsfest und alle Leute weit und breit sprachen von dem herrlichen Fest, sprachen von der Schönheit der jungen Frau, sprachen von dem Reichtum und der Güte des Agelith. So lebten der Agelith und seine junge Frau zehn Monate in großem Glück.

Da aber alle Leute über das Glück der jungen Frau redeten, hörte das auch die zweite Frau und sie sagte zu ihrer Tochter: »Meine Tochter, die Tochter und der Sohn der ersten Frau deines Vaters haben ein sehr glückliches Schicksal erfahren. Kleide dich so schön wie du kannst und komm mit mir, wir wollen die beiden besuchen. Und das elende, magere Mädchen machte sich so schön, wie es nur konnte, und folgte der Mutter.

Die zweite Frau kam bei der jungen Frau gerade an, als der Agelith verreist war. Sie begrüßte die junge Frau und sagte: »Wir haben so lange nichts von dir gehört, da habe ich mich auf den Weg gemacht, um nach dir zu sehen. Wir wollen miteinander plaudern. Komm mit zu dem großen Brunnen, da ist auch meine Tochter, sie will dich gerne sehen.« Die junge Frau kam mit an den großen Brunnen. Als sie aber am Brunnenrand stand, packte die zweite Frau des Vaters sie und warf sie hinab. Die junge Frau blieb unten im Brunnen zwischen den Steinen stecken.

Dann ging die zweite Frau zurück und brachte ihre eigene Tochter in die Kammer des Agelith. Dort zog sie ihrer Tochter die Kleider der in den Brunnen gestürzten jungen Frau über, legte ihr deren Schmuck an und sagte zu ihr: »Der Agelith wird dich nun fragen, wo du dein rechtes Auge gelassen hast. Dann sage ihm, dass das Fasult (Antimon) seines Landes schlecht sei und dir das Auge ausgebrannt habe.« Dann ging die zweite Frau des Vaters heim.

Bald darauf kam der Agelith von seiner Reise zurück. Er sah das verkleidete Mädchen und fragte: »Als ich dich heiratete, hattest du zwei Augen. Wo ist dein zweites Auge geblieben?« Das verkleidete Mädchen antwortete: »Das Auge habe ich verloren, weil das Fasult deines Landes schlecht ist.« Da sagte der Agelith: »Als ich dich heiratete, hattest du weiße Haut, jetzt hast du graue Haut.« Das verkleidete Mädchen antwortete: »Daran ist das schlechte Wasser deines Landes schuld.« Der Agelith sagte: »Als ich dich heiratete, hattest du langes, schwarzes Haar, jetzt hast du kurzes, krauses Haar.« Das verkleidete Mädchen entgegnete: »Daran sind die schlechten Kämme deines Landes schuld.« Da sagte der Agelith nichts weiter. In den nächsten Tagen beobachtete er jedoch, wie der Bruder seiner Frau jeden Abend zum Brunnen ging.

Auch das verkleidete Mädchen sah, dass der Bruder jeden Abend zum Brunnen ging, und sie hörte, wie er mit seiner Schwester sprach. Da merkte das Mädchen, dass die junge Frau dort unten nicht gestorben war, und sie begann, den Burschen zu fürchten. Deshalb sagte sie eines Tages zu dem Agelith: »Mein Gatte, ich bitte dich! Töte meinen Bruder!« Der Agelith rief: »Was sagst du? Ich soll deinen Bruder töten? Du hast mich doch am ersten Tag schwören lassen, dass ich deinem Bruder nie etwas antue und ihn als meinen eigenen Bruder und Verwandten ansehen soll.« Das verkleidete Mädchen antwortete: »Es ist gleich, was ich damals sagte. Ich bitte dich heute, ihn zu töten.« Da sagte der Agelith: »Ich schwöre dir, dass es mir, wenn es sich um meine junge Frau handelt, nicht darauf ankommt, einen Menschen zu töten. Es soll geschehen, wie du gesagt hast.« Darauf ging er zu dem Burschen und sagte: »Man verlangt von mir, dass ich dich töte.« Dann wandte er sich um und ging davon.

Als es Abend war und der Bruder zu dem großen Brunnen hinausging, folgte er ihm, und als er sah, dass der Bursche am Brunnen sprach, versteckte er sich und hörte zu. Der Bursche aber rief in den Brunnen hinab: »Meine Schwester, ich soll getötet werden!« Die Schwester antwortete von unten: »Mein Bruder, ich kann dir nicht helfen. Ich bin inzwischen Mutter zweier Knaben geworden. Ch'sen sitzt auf meinem rechten Knie und L'hussin sitzt auf meinem linken Knie. Ich darf mich aber nicht rühren, denn zu meiner Rechten ist Fanafsa, die Brunnenluasch, und wartet darauf, Ch'sen zu verschlingen, und zu meiner Linken ist Lafa, der siebenköpfige Drache, und will

L'hussin auffressen. Deshalb darf ich mich nicht rühren und kann dir nicht helfen.«

Als der Agelith das hörte, trat er aus seinem Versteck hervor und sagte zu dem Burschen: »Frage deine Schwester, wie wir ihr helfen können, damit sie mit ihren Kindern wieder zu uns heraufsteigen kann.« Der Bursche rief in den Brunnen hinab: »Meine Schwester! Sage mir doch, wie dir geholfen werden kann.« Die junge Frau antwortete: »Wenn ihr ein Kalb in zwei Hälften teilt und eine Hälfte mir zur Rechten herunterwerft für Fanafsa, und eine mir zur Linken für Lafa, so werden beide Ungeheuer für einen Augenblick abgelenkt sein. Und wenn ihr mir dann ein Seil zuwerft, werde ich mit den Kindern heraufsteigen können.« Da sagte der Agelith zu dem Bruder: »Komm, wir wollen es sogleich tun.«

Er ließ also ein Kalb schlachten und in zwei Hälften teilen. Dann warf er die eine Hälfte zur Rechten und die andere zur Linken seiner Frau in den Brunnen herunter. Darauf ließ er einen Strick hinab, zog seine junge Frau und ihre Kinder empor und brachte sie heim. Dort sprach der Agelith zu dem verkleideten Mädchen: »Ich sagte dir schon, dass es mir nicht darauf ankommt, meiner jungen Frau zuliebe einen Menschen zu töten.« Und er befahl, das verkleidete Mädchen zu töten. Er ließ ihren Leib in kleine Stücke hacken und daraus eine Speise bereiten. Diese Speise schickte er der zweiten Frau des Vaters als Geschenk ihrer Tochter. Die zweite Frau nahm die Speise und aß sie. Als sie die Mahlzeit ganz verzehrt hatte, fand sie unten auf dem Boden der Schüssel ein geschlossenes und ein offenes Auge. Da wusste sie, dass sie ihre eigene Tochter gegessen hatte – und sie weinte.

DAS MÄDCHEN IM KASTEN

Albanien

Es war einmal eine arme alte Frau, die hatte einen Sohn namens Konstantin. Als er herangewachsen war, sprach sie zu ihm: »Mein Sohn, wir sind kleine Leute. Jetzt, wo du erwachsen bist, musst du dich umsehen und eine Arbeit finden, von der wir leben können, denn ich kann dich nicht länger ernähren.« Der Sohn sah ein, dass seine Mutter recht hatte, und sagte zu ihr: »Mütterchen, für schwere Arbeit bin ich nicht zu haben, aber wir wollen meinem Paten schreiben, der Kaufmann in Smyrna ist, er möge mich in seinen Dienst nehmen, damit ich gut leben und auch dir Geld schicken kann, damit du durchkommst.« Also schrieben sie an den Paten und der war von ganzem Herzen einverstanden, den Jüngling aufzunehmen. Die Mutter nähte ihm neue Kleider und schickte ihn dann mit einem Schiff nach Smyrna. Als er zu seinem Paten kam, hieß dieser ihn freundlich willkommen und stellte ihn in seinem Laden an. Und da der Kaufmann ledig war, gab er dem Patensohn Geld und der ging auf dem Basar einkaufen und kochte für beide das Essen.

Eines Tages, als Konstantin in der Ladentür saß, sah er auf der Gasse einen Lastträger, der einen Kasten trug und immerzu rief: »Ich verkaufe diesen Kasten! Wer ihn kauft, wird es bereuen, und wer ihn nicht kauft, wird es auch bereuen!« Als der Jüngling das hörte, dachte er: ›Was sagt der Mann da? Was hat es auf sich mit dem Kasten? Ich will ihn nehmen!‹ Und zu dem Lastträger sprach er: »Für wie viel gibst du mir den Kasten?« Der antwortete: »Für fünfhundert Piaster.« Der Jüngling hatte so viel Geld nach und nach von seinem Lohn gespart und gab es dem Lastträger. Dafür bekam er den Kasten, trug ihn nach Hause und stellte ihn dort ohne Wissen seines Paten in einen Winkel.

Am folgenden Tag war Sonntag und Konstantin machte sich auf und ging auf dem Basar einkaufen. Danach begab er sich in die Kirche und dachte: »Wenn ich aus der Kirche komme, gehe ich heim und bereite das Essen zu.« Als er jedoch nach Hause kam, fand er das Essen bereits fertig gekocht, und es war so gut, wie es der beste Koch nicht hätte machen können. »Sieh an«, sprach er bei sich, »der Pate hat selbst das Essen zubereitet, als ich nicht da war.« Sowie auch der Pate zurück war, setzten sie sich zu Tisch, und als der Pate das gute Essen gekostet hatte, sprach er zu Konstantin: »Mein Sohn, ich wette, heute hat nicht einmal der König ein so vorzügliches Mittagessen wie wir. Du bist der beste Koch im ganzen Land geworden.« Der Jüngling aber dachte bei sich: ›Aha! Der Pate hat selbst das Essen gekocht und jetzt neckt er mich‹, errötete ein wenig und schwieg.

Am nächsten Tag kaufte er wieder auf dem Basar ein, diesmal Fische, und brachte sie nach Hause, um sie später als Mittagessen zuzubereiten. Dann ging er in den Laden und als er seine Geschäfte erledigt hatte, schlenderte er wieder heim. Aber die Fische waren bereits gekocht und sie rochen so köstlich, dass die ganze Nachbarschaft davon duftete. ›Aha‹, dachte er, ›der Pate hat wieder meine Arbeit gemacht.‹ Als der Pate zu Mittag nach Hause kam und sie sich zu Tisch gesetzt hatten, schmeckte ihm das Essen so ausgezeichnet, dass er nicht wusste, wie er den Jüngling loben sollte.

Da nun Konstantin merkte, dass sein Pate tat, als wisse er von nichts, geriet er in Zweifel. Am nächsten Tag ging er wieder zum Basar und trug den Einkauf nach Hause, aber anstatt in den Laden zu gehen, versteckte er sich in einem Schrank. Da sah er, wie aus dem Kasten ein Mädchen herauskam, so schön, dass das ganze Haus von ihrer Schönheit erglänzte. Sowie sie aus dem Kasten war, schürzte sie sich und fing an zu kochen. Er aber war von ihrem Anblick so hingerissen, dass er sich nicht mehr halten konnte: Er kam leise aus dem Schrank heraus, trat vor sie hin und sprach: »Bist du ein Engel oder ein Mensch?« Sie antwortete: »Ich bin ein Mensch, fürchte dich nicht! Als ich im letzten Sommer hier in Smyrna war, sah ich dich und verliebte mich in dich, weil du so schön bist. Ich bin die Tochter des Königs von Ägypten. Als ich von meiner Reise zurückkam nach Ägypten, wollte mein Vater mich verheiraten. Da ich aber dich liebte und wusste, dass mein Vater mich dir niemals geben würde, sagte ich zu ihm: ›Ich will mich nicht verheiraten.‹ Da wurde er zornig und befahl einem seiner Leute, mich in einen Kasten zu stecken und mich heimlich weit entfernt von Ägypten zu verkaufen. Der Diener aber war mir wohlgesonnen und ich sagte ihm, er solle mich nach Smyrna bringen und an dich verkaufen. Nun wollen wir warten und sehen, was mein Vater tun wird, denn er hat kein anderes Kind als mich.«

Als Konstantin so erfuhr, dass das Mädchen eine Königstochter war, fiel er ihr zu Füßen, sie aber hob ihn auf und küsste ihn. Dann heirateten sie heimlich, ohne dass der Pate es wusste. Am nächsten Tag ging Konstantin zum Hafen, suchte ein Schiff und sprach zu dem Kapitän: »Ich vertraue dir hier einen Kasten an, gib gut auf ihn Acht, hüte ihn wie deinen Augapfel und bringe ihn meiner Mutter.« So gab er ihm den Kasten und der Kapitän brachte ihn zu Konstantins Mutter mit einem Brief von ihrem Sohn, dass in dem Kasten seine Frau sei. Die Mutter nahm die Schwiegertochter freundlich auf und liebte sie sehr.

Eines Tages kam ein Krämer zu dem Haus der Alten und als er das schöne Mädchen sah, ergriff ihn das Verlangen, sie für sich zu gewinnen. Am nächsten Morgen, als sie gerade in der Tür stand, kam er mit Waren zum Kauf, aber als das Mädchen ihn erblickte, ging sie ins Haus. Der Krämer kam nun Tag für Tag vorbei, um sie zu sehen, sie aber verbarg sich. Er schickte Leute, die mit ihr reden sollten, sie aber wies sie ab. Da wurde der Krämer ärgerlich und schrieb einen Brief an Konstantin: »Deine Frau lässt ohne Wissen deiner Mutter alle jungen Männer ins Haus und ist ein schlechtes Weib.« Als Konstantin das gelesen hatte, geriet er in so großen Zorn, dass er sogleich Smyrna verließ und zu seiner Mutter reiste. Das Mädchen sah ihn vom Fenster aus kommen, lief schnell hinunter, machte ihm die Tür auf und küsste ihn. Direkt an der Tür floss ein großer Strom vorbei. Als nun Konstantin seine Frau sah, wurde er so zornig, dass er sie gar nicht fragte, ob es wahr wäre, was der Krämer ihm geschrieben hatte. Er packte sie sogleich und warf sie in den Fluss. Darauf ging er hinein zu seiner Mutter und befragte sie über seine Frau. Die erzählte ihm dann, was der Krämer alles versucht hatte, um die Frau zu bekommen, und wie diese ihn stets abgewiesen habe. Da war Konstantin nahe daran, sich das Leben zu nehmen, er eilte jedoch zum Fluss und suchte dort nach seiner Frau, konnte sie aber nirgendwo finden. Da wandte er sich ab und floh wie wahnsinnig ins Weite.

Als das Mädchen in den Fluss geworfen wurde, hatten Fischer gerade ihre Netze ausgeworfen und sie zogen sie halb tot aus dem Wasser und hüllten sie in einen Mantel. Da kam ein Türke des Weges und fragte die Fischer, ob sie keine Fische für ihn hätten. Sie antworteten, sie hätten nichts gefangen außer einer Frau. Als der Türke sie sah, gewann sie sein Herz, und er kaufte sie von den Fischern für fünfzigtausend Piaster. Nachdem das Mädchen wieder zu sich gekommen war, erblickte sie neben sich den Türken und erinnerte sich, was sie erlitten hatte. Sie sprach zu ihm: »Was willst du jetzt mit mir machen? Wenn du mich nimmst und es sieht mich ein anderer Mann, der stärker ist als du, so wird der mich dir wegnehmen. Aber weißt du, was wir tun wollen? Gib mir Kleider von dir, dass ich mich als Mann verkleiden kann, so wird keiner mich als Frau erkennen und du kannst mich behalten.« Er willigte ein, sie nahm seine Kleider, trat hinter einen Busch und kleidete sich um. Doch hinter dem Busch stand auch das Pferd des Türken, und als sie fertig war, stieg sie auf und sprengte davon. Nach einer Weile kam es dem Türken seltsam vor, dass sie so lange brauchte, um sich umzukleiden, und als er nachsah, war sie auf und davon. Da ging der Arme auch fort, noch dazu halb nackt und ohne Pferd.

Sie ritt nun Stunde um Stunde weiter, von Berg zu Berg, bis sie in der Nacht, ohne es zu wissen, nach Ägypten kam, wo ihr Vater König war. Da die Tore der Hauptstadt verschlossen waren und es regnete und schneite, sank sie draußen vor dem Tor nieder und verbrachte so die Nacht. Nun war in diesen Tagen der König von Ägypten gerade gestorben und da man einen Thronfolger brauchte, versammelten sich die Minister und sandten Boten aus, um die Tochter des Königs zu suchen, die verloren gegangen war, wie der König fälschlich gesagt hatte. So suchten sie einige Zeit, fanden die Königstochter jedoch nicht, und da das Land einen König benötigte, sprachen sie: »Da nun einmal kein Kind aus dem Blute des Königs vorhanden ist, so soll man nach dieser schlimmen Nacht voll Schnee und Kälte, in der draußen jeder umkommen müsste, denjenigen zum König machen, den man am Morgen als Ersten lebend vor den Toren der Hauptstadt findet.« Am nächsten Morgen nun sah das Mädchen, das als Mann verkleidet und halb tot vor Kälte war, wie sich das Tor auftat und die zwölf Minister herauskamen. Da nahm sie gleich ihr Pferd und ging zur Seite, um sie vorbeizulassen. Die Minister aber, als sie den schönen jungen Mann sahen, fielen ihm zu Füßen, brachten ihn in den Palast und ernannten ihn zum König.

Da das Mädchen klug war, regierte sie in ihren Männerkleidern das Königreich so gut, dass alle sie liebten wie den lieben Gott. Und sie war bei dem Volk so beliebt, dass man ihr Bild an allen Quellen des Landes anbrachte, damit jeder es sehen konnte, der kam, um Wasser zu schöpfen. Nun befahl das Mädchen heimlich ihren Leuten, sie sollten bei der Quelle Wache halten, und wenn jemand käme und seufzen würde, sobald er ihr Bild erblicke, sollten sie ihn ergreifen und in den Palast bringen. Dort solle er eingesperrt werden, bis sie weitere Befehle erteile.

Eines Tages nun kam der Krämer vorüber, der den Brief an ihren Mann geschrieben hatte, und als seine Augen auf das Bild fielen, seufzte er. Da ergriffen ihn die Leute des Königs und brachten ihn in den Palast. Am nächsten Tag kamen die Fischer vorbei, auch die seufzten, als sie das Bild sahen, und man führte sie in den Palast. Darauf kam nach einigen Tagen der Türke und auch ihn ergriff man, als er seufzte. Schließlich kam ihr Mann an die Quelle und als er das Bild sah, rief er aus: »Ach, wie gleicht es ihr! Ach, dass ich dich verloren habe«, brach in Tränen aus und wehklagte, und so brachte man auch ihn in den Palast.

Wie nun die Königstochter sah, dass alle beisammen waren, die sie haben wollte, befahl sie eines Tages die zwölf Minister zu sich, um gemeinsam zu Gericht zu sitzen. Also versammelten sich alle und sie saß als König in der Mitte. Darauf ließ sie die Gefangenen herbringen und befahl, dass keiner sprechen dürfe, dem sie es nicht erlaubt habe. Nun erhob sich der König und sprach: »Krämer, warum hast du geseufzt, als du das Bild an der Quelle sahst? Gib Acht und lüge nicht, sonst lasse ich dir sogleich den Kopf abschlagen.« Der Krämer antwortete: »Was soll ich dir sagen, Herr König, ich erkannte, dass auf dem Bild eine Frau ist.« Danach erzählte er die volle Wahrheit und wie er den Brief geschrieben hatte, weil das Mädchen ihn nicht zum Manne nehmen wollte. Als er fertig war, sagte sie zu ihm: »Gut, du hast die Wahrheit gesagt, setz dich auf die Seite.« Als ihr Mann jedoch aus dem Munde des Krämers hörte, wie dieser seine Frau verleumdet hatte, wollte er sich auf ihn stürzen, aber der König sagte zu ihm: »Bleib stehen und rühr dich nicht, sonst geht es dir schlecht.« Da zog der Mann sich zurück. Darauf fragte der König die Fischer: »Was hattet ihr denn, dass ihr geseufzt habt?« Und sie antworteten: »Wir haben diese Frau aus dem Fluss gezogen und sie an einen Türken verkauft.«

»Und du«, sprach der König zu dem Türken, »warum hast du geseufzt?«

»Ich«, antwortete er, »bin der, der sie gekauft hat, aber sie lief mir davon und ließ mich ohne Kleider stehen und nahm mir mein Pferd weg.«

Da wurden die Minister stutzig und betrachteten den König, der aber gab ihnen ein Zeichen, sie sollten sich nicht rühren. Darauf sprach sie zu ihrem Mann: »Und du, warum hast du geseufzt?«

»Ach, ich Unglücklicher«, antwortete er mit Tränen in den Augen, »ich war ihr Mann und jetzt ist sie für immer für mich verloren.«

»Nein«, sagte sie, »du hast sie nicht verloren. Wartet ein wenig, ich komme gleich wieder.«

Mit diesen Worten ging sie in ihre Gemächer, kleidete sich in Frauengewänder und kam so wieder zurück. Als die anderen sie erblickten, rissen alle die Augen weit auf. Die Minister erkannten die Tochter des Königs, ihr Mann erkannte seine Frau und die übrigen das Mädchen. Sogleich eilte ihr Mann herbei, fiel ihr zu Füßen und bat sie, ihm zu verzeihen. Sie hob ihn auf, küsste ihn und setzte ihn an ihre Seite. Den Fischern schenkte sie Geld, dem Türken gab sie sein Eigentum zurück und dem Krämer, den die Minister hängen lassen wollten, verzieh sie, befahl ihm aber, binnen vierundzwanzig Stunden ihr Reich zu verlassen. Dann ließ sie den Ausrufer holen und verkünden, dass die Königstochter gefunden und nunmehr die neue Königin von Ägypten sei. Konstantin wurde ihr König und im ganzen Land feierte man große Feste und sie aßen und tranken bis zum heutigen Tag.

DIE GESCHICHTE VON
SIEBEN MÄDCHEN
UND EINER MENSCHENFRESSERIN

Tunesien, Berber

Es war einmal ein Mann, der hatte eine Frau, und die gebar ihm sieben Mädchen. Dann starb sie und ließ die Mädchen bei ihrem Vater zurück. Nach einiger Zeit nahm sich der Mann eine andere Frau. Sie zog die Kleinen auf, wurde ihrer aber bald überdrüssig. Eines Tages sprach sie zu ihrem Mann: »Schaff die Mädchen weg und töte sie oder aber gib mir meinen Scheidebrief, damit ich fortgehen kann!«

Der Mann hatte seine Frau sehr lieb und so sprach er zu ihr: »Sag mir, wie soll ich das anfangen mit den Kindern?« Sie antwortete: »Bring sie in den Wald und führe sie dort in die Irre!«

»Gut!«, versetzte der Mann.

Am folgenden Tage sagte er zu seinen Töchtern: »Auf, lasst uns das Vieh weiden gehen!«

»Gut!«, erwiderten sie. Dann gingen sie mit dem Vater zur Weide. Die jüngste Tochter aber hatte in einem Bündel, das sie in der Hand trug, Asche mitgenommen. Sobald sie das Dorf verlassen hatten, streute sie immer ein wenig Asche auf dem Weg aus. Schließlich kamen sie zu einem sehr entfernten Ort. Der Vater führte die Mädchen unter einen Baum und sprach zu ihnen: »Bleibt hier, bis ich wiederkomme!« Die Kleinen blieben dort, er aber trat den Heimweg an und verließ sie.

Dann kam die Nacht und das jüngste Mädchen sprach zu ihren Schwestern: »Unser Vater ist nach Hause gegangen und hat uns hier allein zurückgelassen. Auf, lasst uns auch heimgehen!« Die Schwestern versetzten: »Wir wissen aber den Weg nicht!« Da sprach die Jüngste: »Folgt mir nur nach!« Sie ging nun der Asche hinterher und kam bald mit den Schwestern daheim an. Dort fanden sie ihren Vater beim Abendessen. Er sagte zu ihnen: »Ich wollte euch gerade selbst abholen.« Sie aber antworteten: »Jetzt sind wir schon alleine hergekommen.«

In der Nacht sprach seine Frau zu ihm: »Du hast deine Töchter nicht in den Wald geführt, du lügst mir etwas vor! Willige in die Scheidung ein und bleib mit deinen Töchtern zusammen!« Er erwiderte: »Ich habe es versucht. Denk du nach, wie ich es mit ihnen anfangen soll!« Da sagte die Frau: »Gut, so will ich jetzt nachdenken.« Dann schwiegen die beiden.

Nach drei Tagen sprach die Frau: »Geh zu den Nachbarn und leih dir Festtagskleider für die Mädchen! Dann sage zu ihnen: ›Kommt, lasst uns zu einer Hochzeit gehen!‹ Danach bringst du sie an einen fernen Ort, wo sich ein Brunnen befindet. Wenn du an die Öffnung des Brunnens gelangst, so wirf deinen Fez absichtlich hinab und sage zu den Mädchen: ›Welche von euch, ihr Kleinen, hat mich lieb und steigt in den Brunnen hinab, um mir meinen Fez heraufzuholen?‹ Wenn nun eine hinabklettern will, so zieh ihr vorher ihre Kleider aus und mach es so weiter, bis eine nach der anderen hinabgestiegen ist. Dann lass sie im Brunnen, nimm die Kleider und kehre hierher zurück!«

Am nächsten Morgen stand der Mann früh auf und sprach zu seinen Töchtern: »Ich habe einen Freund, einen

Beduinen, bei dem findet eine Hochzeit statt. Ich möchte mit euch zusammen hingehen.« Hierauf zog er den Mädchen die geliehenen Kleider und Schmuckstücke an und nahm sie mit.

Bald darauf gelangten sie an eine öde Stelle, an der sich ein Brunnen befand. Als sie an die Öffnung des Brunnens kamen, warf der Vater seinen Fez hinab. Dann sprach er zu den Töchtern: »Welche von euch, ihr Kleinen, hat mich lieb und steigt hinab, um mir meinen Fez herauszuholen?« Die Älteste antwortete: »Ich werde in den Brunnen hinabsteigen.« Da sagte der Vater: »Zieh zuerst deine Kleider aus und steig dann hinab!« Sie legte ihre Kleider auf den Brunnenrand und stieg hinab. Die fünf nächsten Mädchen machten es ebenso, dann war nur noch die Jüngste übrig. Da sprach der Vater zu ihr: »Deine sechs Schwestern haben den Fez nicht heraufbefördern können, jetzt wirst du ihn holen müssen! Also, zieh deine Kleider aus, steig hinab und hol mir den Fez herauf!«

»Gut!«, versetzte die jüngste Tochter. Aber bevor sie hinunterkletterte, stieß sie schnell die Kleider ihrer Schwestern vom Brunnenrand in den Brunnen hinab. Da rief der Vater: »Warum willst du mich hintergehen?« Die Tochter aber erwiderte: »Du warst es, der uns hintergangen hat, deiner Frau wegen hast du uns weggeworfen! Geh nun fort von hier! Uns wird Gott schon behüten, du aber geh nur heim zu der, deretwegen du uns weggeworfen hast!« Nachdem sie so zu ihrem Vater gesprochen hatte, warf sie sich in den Brunnen hinab zu ihren Schwestern.

Die Mädchen waren jetzt alle sieben unten im Brunnen und begannen, einen Gang zu graben. Eines Tages hatten sie den unterirdischen Gang bis zur Behausung einer einäugigen Menschenfresserin vorangetrieben. Durch ein

Loch in der Wand beobachteten sie, wie die Hexe gerade das Mehl mahlte für ihr Abendbrot. Da ging das jüngste Mädchen und stahl der Menschenfresserin etwas von ihrem Mehl und brachte ihren Schwestern davon.

So eifrig die Hexe nun auch weitermahlte, sie sah ihr Mehl doch immer wieder abhandenkommen. Darum sprach sie zu sich: »Wie geht das wohl zu?« Dann ging sie, holte einen Hahn und setzte ihn in eine Ecke. Als die jüngste Schwester nun wieder ihre Hand ausstreckte, um Mehl zu stehlen, krähte der Hahn laut los. Die Hexe stürzte sich auf das Mädchen, packte sie und fragte: »Ist noch jemand anderes hier?«

»Nein«, versetzte das Mädchen.

Von nun an besorgte die jüngste Schwester bei der Menschenfresserin den Haushalt, denn die Hexe hatte zu ihr gesagt: »Bleib hier, ich mache dich zu meiner Tochter!« Da blieb das Mädchen bei ihr. Eines Tages kehrte der Mann der Menschenfresserin von einer Reise zurück und fragte: »Woher kommt dieses Mädchen?« Die Frau versetzte: »Gott hat sie mir gebracht, damit ich sie zu meiner Tochter mache.«

Die Jüngste machte es nun immer so: Wenn sie das Abendbrot zubereitete, gab sie die eine Hälfte des Essens der Menschenfresserin und ihrem Mann, die andere Hälfte aber brachte sie ihren Schwestern, die sich in dem unterirdischen Gang befanden.

Lange war das Mädchen schon im Dienst der Menschenfresserin, da näherte sich der Zeitpunkt für das große Hexenfest. Eines Morgens sprach die Hexe zu ihrem Mann: »Nimm das Mädchen mit in den Wald und schlachte sie dort für uns, damit wir einen guten Festbraten haben!«

Der Mann nahm die jüngste Schwester und ging mit ihr in den Wald. Dort angelangt, fanden sie eine Palme, die sehr hoch war und viele Datteln trug. Da sprach das Mädchen zum Menschenfresser: »Ich möchte gerne Datteln essen. Steig du hinauf und pflücke mir ein paar Datteln und ich will hingehen und ein wenig Holz für die Mutter klein machen!«

»Gut!«, versetzte der Menschenfresser und stieg auf die Palme hinauf, während die Jüngste sich sputete und Brennholz sammelte, das sie rund um den Baum aufschichtete.

Da rief der Menschenfresser von oben: »Weshalb schichtest du das Brennholz rings um die Palme auf?« Das Mädchen entgegnete: »Pflück du mir nur Datteln, kümmere dich um weiter nichts und lass mich hier meine Arbeit machen!« So sammelte das Mädchen weiter Brennholz, schichtete es um die Palme herum auf, und schließlich zündete sie das Holz an.

Da schrie der Menschenfresser: »Rette mich! Was du auf der Welt wünschst, werde ich dir geben!«

»Nein, ich will nicht!«, versetzte das Mädchen. Da stürzte der Menschenfresser, betäubt vom Rauch, von der Palme herunter mitten ins Feuer hinein und verbrannte. Die jüngste Schwester aber ging zurück zur Behausung der Hexe.

»Wo ist dein Vater geblieben?«, fragte die Menschenfresserin. Das Mädchen antwortete: »Er ist müde geworden, aber er wird gleich kommen.« Da sprach die Frau: »Komm her, ich will auf deinen Rücken steigen und ihm entgegengehen!« Die Jüngste ließ die Hexe aufhocken und ging mit ihr fort.

Während sie so gingen, erblickte das Mädchen einen

Brunnen, der bodenlos tief war. Da ging sie hin und warf die Hexe in den Brunnen hinab. Dann kehrte sie zurück und holte ihre Schwestern aus dem unterirdischen Gang heraus.

Die Mädchen fanden in der Behausung der Menschenfresserin und ihres Mannes viele schöne Sachen und sehr viel Geld. Sie entdeckten auch das Loch, durch das der Menschenfresser hinauf in die Oberwelt gelangte, und da krochen sie hinaus.

Zu ihrem Vater wollten sie nicht mehr zurückkehren. Sie begaben sich daher zum Dorf des Stammesoberhauptes und eine jede von ihnen nahm sich dort einen Mann. Und sie lebten fortan in großem Reichtum.

DEUSMI

Italien, Sardinien

Vor langer, langer Zeit lebte in den Bergen ein armer Hirte, der hatte drei Töchter: Rosangela, Salva und Itria. Itria aber, die jüngste von ihnen, war zugleich die schönste und die klügste. Der Vater war ein armer Mann, denn er besaß keine eigene Herde, sondern hütete gegen geringen Lohn die Schafe und Ziegen reicher Herren.

Eines Tages war eines seiner Tiere von der Herde abgekommen und der Hirte suchte es vergeblich. Den ganzen Tag durchstreifte er den Wald und geriet immer mehr ins Dickicht. Am Abend aber setzte er sich todmüde auf eine Baumwurzel und stöhnte: »Deusmi« (mein Gott). Im gleichen Augenblick stand ein großer Mann mit einem feuerroten Bart vor ihm und sagte: »Was willst du von mir?«

»Ich?«, versetzte der Hirte, »ich habe dich doch gar nicht gerufen.«

»Wohl hast du mich gerufen. Du hast ›Deusmi‹ gesagt, so heiße ich, also sprich: Was willst du?«

»Ach, das kannst du mir doch kaum verschaffen«, antwortete der Hirte, »eines meiner Tiere hat sich verlaufen und ich kann es nicht wiederfinden. Bringe ich aber die Herde unvollständig zurück, dann wird mir mein Herr den Lohn nicht geben.«

»Hier ist dein Tier!«, sagte der Bärtige, und damit zog er es aus dem Dickicht hervor.

»Ach, wie kann ich dir danken?«, wollte der Hirte wissen, denn er war froh, nun seine Herde wieder vollständig zu haben. »Gib mir eine deiner Töchter zur Frau!«, sagte Deusmi. »Sie soll es gut bei mir haben und ich werde dir überdies eine fette Ziege schenken.« Da lobte der Hirte die glückliche Stunde, die ihn zu dem Bärtigen geführt hatte, und er versprach ihm die älteste Tochter. Deusmi aber führte ihn mit wenigen Schritten aus dem Wald heraus zu seiner Herde.

Am nächsten Tag kam Deusmi, brachte eine schöne Ziege, die war so weiß wie die Sonne, und nahm Rosangela als Frau mit sich. Er führte sie auf ein Felsenschloss mit vielen prunkvollen Gemächern und sprach: »Das alles soll dir gehören, wenn du mir brav folgst und alles tust, was ich dir befehle.« Rosangela war sehr vergnügt und versprach gern, alles genau zu befolgen, was ihr Gatte ihr befehlen werde. Als sie aber das ganze Schloss besichtigte, fand sie drei verschlossene Türen. »Was ist in diesen Zimmern, lieber Mann?«, fragte sie ihren Gatten. »Eine Tür will ich dir öffnen, dann wird deine Neugier für immer vergehen«, entgegnete Deusmi. Er sperrte die mittlere Tür auf und Rosangela sah einen ganzen Berg von Mädchenleichen, die tot, aber unverwest dort lagen. »Siehst du«, sagte Deusmi, »dies alles sind Frauen gewesen, die mir nicht gehorcht und mich betrogen haben, und wenn du es so machst wie sie, dann wird es dir genauso ergehen.« Da erschrak nun Rosangela doch ein wenig, aber sie dachte, dass sie es schon besser machen wolle, und kümmerte sich nicht weiter darum.

So ging es einige Zeit recht gut, denn Deusmi war sehr freundlich zu seiner jungen Frau und machte ihr viele Geschenke.

Eines Tages aber trat Deusmi vor Rosangela und sprach: »Ich werde nun für einige Tage auf die Reise gehen. Indessen sollst du deinen Gehorsam zeigen. Bis ich zurückkomme, musst du diese Hand gegessen haben, ob gekocht, gesotten, gebraten oder roh, das ist mir gleich.« Und damit gab er ihr eine haarige Totenhand, die war so grässlich, dass es Rosangela bei ihrem Anblick fast schlecht wurde. Aber sie unterdrückte die Erregung und sagte: »Was du willst, das soll geschehen, Herr.« Dann ging Deusmi fort und Rosangela blieb allein im Schloss zurück. Sie dachte hin und sie dachte her, was sie mit der Hand machen sollte, endlich aber warf sie dieselbe in die Abfallgrube. Hierauf putzte sie das Haus und säuberte alles gründlich, damit Deusmi mit ihr zufrieden wäre, wenn er von seiner Reise zurückkäme. Als der Rotbart aber das Schloss betrat, war seine erste Frage: »Nun, hast du getan, was ich dir befohlen habe? Hast du die Hand gegessen?«

»Ja, Herr«, entgegnete Rosangela mit innerem Zittern. »Hand, komm her!«, befahl der Dämon, und sofort kam die Hand aus der Grube hervor, schüttelte sich, sodass aller Schmutz Rosangela ins Gesicht flog, und legte sich vor Deusmi nieder. Dieser ergrimmte über den Betrug Rosangelas, er packte sie bei den Haaren und schleppte sie in das Zimmer mit den Leichen. »Also auch du hast mich belogen und betrogen! So sollst auch du deine Strafe haben!« Und damit erstach er sie und warf sie zu den übrigen Toten.

Am nächsten Tag aber ging Deusmi zu dem Hirten und sagte: »Vater, Rosangela sehnt sich so sehr nach ihren Schwestern. Wenn du mir deine zweite Tochter mitgeben willst, so nehme ich sie gerne in meinen Dienst und gebe ihr einen guten Lohn.« Der Hirte war sehr erfreut über dieses Angebot, er rief Salva: »Tochter, der Herr will dich in seinen Dienst nehmen und du sollst nun wieder mit deiner Schwester zusammen sein. Bist du es zufrieden?«

»Ja, Vater, ich gehe gerne mit«, entgegnete das Mädchen. Und bis sie ihre Sachen gerichtet hatte, um den Bärtigen zu begleiten, brachte dieser wieder eine Ziege, die war schwarz wie Kohle. »Nimm dieses Geschenk als Dank dafür, dass du mir deine zweite Tochter überlässt.« Dann nahm der Dämon Salva bei der Hand und führte sie auf sein Bergschloss hoch oben in den Wolken. Salva eilte gleich durch alle Zimmer, um ihre Schwester zu suchen und zu begrüßen, aber sie fand sie nirgends. Wohl aber fand sie die drei verschlossenen Türen.

»Herr«, sprach sie zu Deusmi, »wo ist denn meine Schwester Rosangela? Ist sie vielleicht in einem der verschlossenen Zimmern?«

»Ja, sie ist in dem mittleren Zimmer und ich habe sie umgebracht, weil sie mir nicht gehorcht hat, sondern mich zu betrügen versuchte. Und dir wird es genauso ergehen, wenn du nicht besser bist als deine Schwester.« Damit schloss er die Tür zu dem mittleren Zimmer auf und der armen Salva wurde gleichzeitig heiß und kalt ums Herz – wie ihr euch vorstellen könnt. Aber sie nahm allen Mut zusammen und sagte: »Wenn sie dir nicht gehorcht, sondern dich betrogen hat, Herr, dann ist ihr ganz recht geschehen. Ich aber will dir treu dienen und alles tun, was du mir aufträgst.«

»Wenn du mir treu ergeben bist, dann sollst du auch ein Leben führen, wie keine Königin und keine Fürstin es führen kann.« Damit verschloss Deusmi die Tür wieder.

Einige Tage ging alles gut, dann sprach jedoch der Unhold: »Mädchen, ich muss nun verreisen. Hüte du mir das

Haus und erfülle nun meine Befehle: Hier, diese Hand, die musst du essen, ob gekocht oder gesotten, gebraten oder roh, das ist mir gleich. Wehe dir, wenn ich zurückkomme und nur ein winziges Bröckchen übrig geblieben ist!« Er gab ihr die Hand und ging seines Weges. Die arme Salva aber blieb in Angst und Schrecken zurück und wusste nicht, was sie mit der ekelhaften Hand anfangen sollte. Endlich aber nahm sie sie und versteckte sie hinter einem Schrank. Dann putzte sie das Haus und gab sich Mühe, alles recht schön und sauber zu machen, damit Deusmi sie loben möge, wenn er wieder das Haus beträte.

Nach einigen Tagen kam der Rotbart auch zurück und fragte gleich: »Hast du die Hand gegessen?«

»Ja, Herr!«, antwortete das Mädchen. »Hand, wo bist du?«, rief Deusmi. »Komm einmal her zu mir!« Da sprang die Hand hinter dem Schrank hervor und Salva verlor vor Schrecken fast das Bewusstsein. »Du Treulose! Glaubst du, dass man mich betrügen kann? Weil du ungehorsam und schlecht bist, werde ich dich töten!« Und Deusmi ergriff sie bei den Haaren, schleifte sie in das mittlere Zimmer, erstach sie und warf sie auf den Haufen Leichen, der schon dort lag.

Am nächsten Tag aber erschien er bei dem Hirten und sprach: »Deine Töchter sehnen sich so nach ihrer jüngsten Schwester und wünschen, sie zu sehen. Wenn du sie mir mitgibst, will ich auch sie in meinen Dienst nehmen.« Der Hirte aber wollte nicht gleich, denn die jüngste Tochter liebte er besonders, weil sie schön, klug und zugleich sehr fromm war. Da fuhr Deusmi fort: »Ich werde sie gut entlohnen und du sollst auch wieder eine schöne Ziege bekommen.« Da entschloss sich schließlich der Hirte, die Entscheidung seiner Tochter zu überlassen.

Er rief sie herbei. »Itria, dieser Herr hier will dich mit sich zu deinen Schwestern nehmen. Du sollst ihnen in seinem Hause helfen und dafür guten Lohn empfangen. Wenn du aber lieber hier bei mir bleiben willst, so kannst du es sagen.« Aber Itria entgegnete: »Ich will gerne mit zu meinen Schwestern gehen.« Dann kehrte sie ins Haus zurück, um ihr Bündel zu schnüren. Deusmi aber verschwand im Wald und brachte bald darauf eine Ziege, die besaß Hörner wie der Mond. Itria aber hatte unter ihren Dingen ein Bildnis der lieben Jungfrau Maria, ihrer Patronin, das nahm sie heimlich mit. Dann ergriff Deusmi sie bei der Hand und führte sie hoch hinauf in sein Bergschloss.

Itria lief gleich durch alle Räume, um ihre Schwestern zu suchen und zu begrüßen, aber wohin sie auch schaute und sosehr sie auch nach ihnen forschte, nirgends konnte sie diese entdecken. Schließlich blieb sie vor den drei verschlossenen Türen stehen und rief nach Deusmi. Dieser kam und fragte: »Was willst du?«

»Kannst du mir nicht sagen, wo meine Schwestern sind?«

»Ei ja, die habe ich hier eingeschlossen, weil sie mir untreu waren und meine Befehle nicht befolgten.« Er schloss die mittlere Tür auf und Itria erblickte mit Entsetzen die vielen toten Mädchen. »Dir wird es genauso ergehen, wenn du nicht besser bist als diese«, sagte Deusmi, »aber ich fange schon an, Vertrauen in dich zu setzen, und hoffe, du wirst es besser machen.«

»Aber gewiss will ich das, lieber Herr«, versetzte Itria, »und wenn meine Schwestern deine Gebote nicht befolgt haben, so ist ihnen recht geschehen. Du aber wirst sehen, dass ich dir stets treu diene und alle deine Wünsche erfülle.«

»Dann wirst du es auch gut bei mir haben und jede Königin soll dich beneiden.«

Wiederum ging es einige Tage gut. Dann trat Deusmi zu Itria in die Küche und sagte: »Nun muss ich verreisen. Hier aber bringe ich dir eine Totenhand, die sollst du essen, ob gekocht oder gesotten, gebraten oder roh, das ist mir gleich.« Und Itria antwortete, obwohl ihr Herz vor Entsetzen zu Eis erstarrt war: »Gewiss, Herr, das will ich tun.« Damit ging Deusmi und ließ Itria in Sorge und Angst zurück. Als sie sich gar keinen Rat mehr wusste, holte sie aus ihrem Bündel das Bildnis der himmlischen Mutter, kniete vor ihr nieder und betete: »Madonna, komm mir zu Hilfe und sag mir, wie ich mich retten kann!« Da fing das Bild an zu sprechen und sagte: »Itria, weil du stets fromm und gut gewesen bist, will ich dir helfen. Nimm die Hand und verbrenne sie! Die Asche aber fülle in ein kleines Säckchen und verbirg es bei dir, so wird niemand sie entdecken!« Da machte Itria im Kamin ein großes Feuer an und röstete die Hand so lange, bis sie zu lauter Asche verkohlt war. Die Asche aber füllte sie in ein Säckchen und verbarg dieses in ihrer Achselhöhle.

Bald darauf kam Deusmi zurück und stellte gleich die Frage: »Nun, hast du mein Gebot befolgt?«

»Ja, Herr!«

»Und wie hast du die Hand verspeist?«

»Geröstet, Herr!«

»Nun, das werden wir gleich sehen! Hand, komm einmal her zu mir!«

»Ich kann nicht«, entgegnete die Hand, »ich bin in Itrias Leib.« Da war Deusmi sehr vergnügt und sagte: »Nun, Itria, sollst du es gut bei mir haben, denn ich sehe, dass du mir treu bist und alle meine Gebote aufs Wort befolgst!«

Und er führte sie durch das Schloss, öffnete alle Truhen und Schränke und sprach: »Hier, alle diese Reichtümer gehören dir.« Als sie aber vor den verschlossenen Zimmern ankamen, schloss er die linke Tür auf. »Hier ist ein Fläschchen mit Öl, das alle Toten wieder lebendig machen kann. All das sage ich dir, weil ich weiß, dass ich dir vertrauen kann. Und hier hast du auch die Schlüssel. Das Zimmer dort rechts indessen, das sollst du nie aufschließen, sonst würde etwas Fürchterliches geschehen und ich würde dich umbringen müssen.« Da dankte ihm Itria für sein Vertrauen und für die kostbaren Geschenke und versprach ihm, auch weiter alle seine Gebote zu erfüllen.

Sobald aber Deusmi das nächste Mal auf die Reise gegangen war, holte Itria das Bildnis der Madonna heraus und betete davor, um für den guten Rat zu danken. Das Bildnis indessen sprach: »Geh schnell in das Zimmer zur Rechten! Dort wirst du einen Jüngling finden, den rufe mit der Salbe ins Leben zurück!« Sogleich nahm Itria die Schlüssel, holte das Fläschchen mit dem Öl aus dem linken Zimmer, eilte dann ins rechte Zimmer, wo sie einen erstochenen Jüngling fand, dem sie ins Leben zurückverhalf. Kaum hatte er die Augen aufgeschlagen, da sprach er: »Ist denn der böse Dämon tot, dass du mich erlösen konntest?«

»Nein«, sprach Itria, »er ist noch nicht tot, sondern nur außer Haus.«

»So will ich mich verstecken und du musst versuchen zu erfahren, wie man den Unhold töten kann, sonst bringt er uns beide um.« Nun führte Itria den wiedererweckten Jüngling, der ein Königssohn war, aus dem Zimmer heraus, und an seine Stelle legten sie die tote Rosangela, nachdem ihr Itria die Haare geschnitten und ihr die Kleider des Jünglings angezogen hatte. Der nackte Prinz aber versteckte sich auf dem Dach.

Bald darauf kam Deusmi zurück. Er warf nur einen kurzen Blick in das Zimmer zur Rechten und da er dort eine Gestalt in den Kleidern des Prinzen liegen sah, merkte er den Betrug nicht. Er ging zu Itria in die Küche und lobte sie ob ihres Fleißes. Nach dem Essen aber wurde er müde, er legte sich nieder und befahl Itria, ihn zu lausen. Da nahm das Mädchen den Kopf in ihren Schoß und fragte ihn: »Sage mir einmal, Herr, ich leide immer eine solche Angst, dass dir etwas zustoßen könnte.«

»Aber du Dummchen«, versetzte der Rotbart, »was soll mir denn schon zustoßen? Mich kann man nur im Feuer töten, aber das wird niemandem gelingen, denn ich habe einen so leichten Schlaf, dass ich immer aufwache, wenn Gefahr droht.«

»Und gibt es nichts, was deinen Schlummer vertiefen könnte?«

»Du hast mich ja lieb und bist mir treu, deshalb kann ich mich dir anvertrauen. Vor unserem Schloss wächst ein Baum, wenn man mir dessen Rinde in die Ohren stopfen würde, müsste ich in einen tiefen Schlaf verfallen.« Das sprach er noch, dann fiel er in einen leichten Schlummer, indes sein Haupt im Schoß der schönen Itria lag.

Aber der Prinz auf dem Dach hatte alles mitgehört. Er schlich sich eilends vom Dach herunter und brach ein Stück Rinde von dem besagten Baum ab. Das reichte er durchs Fenster dem Mädchen und Itria stopfte es behutsam dem Dämon in die Ohren. Nachdem sie gemerkt hatte, dass er fest schlief und auch durch kein Schütteln zu wecken war, ging sie eilends hinaus und benetzte alle toten Mädchen mit dem Öl, welches das Leben spendet.

Dann rafften sie alle die Schätze zusammen, die in dem Schloss aufbewahrt waren, und stiegen von dem Berg hinab ins Land.

Wie groß war die Freude, als der Hirte seine Töchter wiederkommen sah, wenn auch die älteste ihre Haare eingebüßt hatte. Er schloss alle in seine Arme und wollte nicht glauben, dass die Jüngste nun einen richtigen Prinzen heiraten sollte. Der aber führte die drei Mädchen und ihren Vater mit sich fort aufs Königsschloss seines Vaters, gab Rosangela einen Fürsten und Salva einen Grafen zum Gatten, sodass sie fröhlich eine dreifache Hochzeit feiern konnten.

Indessen lag Deusmi wie tot in der Küche seines Schlosses, aber das Unglück wollte es, dass in der Rinde, mit der das eine Ohr verstopft war, ein Holzwurm saß, der langsam das Holz der Rinde so zerfraß, dass es schließlich in Krümeln aus dem Ohr herausfiel. So erwachte Deusmi plötzlich, er sah sich verwundert um und dachte: ›Wo ist Itria? Sollte sie mich nicht lausen?‹ Aber wo er sie auch suchte, er konnte sie nirgends finden. Schließlich schloss er die drei verschlossenen Zimmer auf und da sah er, dass alle geflohen waren. Zornentbrannt machte er sich auf den Weg, um sich zu rächen. Er kam zu der Hütte des Hirten, aber diese war längst verlassen. Durch Nachbarn erfuhr er, dass die Mädchen mit ihrem Vater in die Stadt gezogen seien. Da eilte Deusmi in die Stadt, wo man gerade die Hochzeit von Itria, Salva und Rosangela feierte. Nun kehrte er zu seinem Schloss zurück, nahm ein Stück von der Rinde des Baumes mit und ging erneut in die Stadt.

Indessen waren die Hochzeitsfeierlichkeiten mit Tanz und Musik zu Ende gegangen und Itria ging mit ihrem Gatten ins Brautgemach. Da bat sie ihn: »Lass doch bitte das Bild der heiligen Jungfrau holen, das ich immer bei mir geführt habe und das uns aus der Gefangenschaft des Bösen befreit hat.« Ihr Gemahl wollte lange nicht, denn er meinte, das Bild wäre schon alt und hässlich und man hätte im Palast viele schönere Bilder von der Madonna. Aber Itria gab nicht nach und setzte ihren Willen durch. So stellte man das Bild der heiligen Jungfrau zu Häupten des Bettes auf.

Als es aber dunkel geworden und im Palast alles eingeschlafen war, schwang sich Deusmi durchs Fenster ins Schlafgemach des Prinzen. Er verstopfte dessen Ohren mit der Rinde des Baumes, sodass der Prinz in tiefen Schlaf verfiel, und weckte sodann Itria. »Nun, du Verräterin! Du sollst mir büßen, dass du mich betrogen hast!« Und damit fasste er sie und schleppte sie, sie mochte sich wehren, so viel sie wollte, zum Fenster, um sie aus dem Palast zu entführen. In diesem Augenblick aber fiel das Bildnis der heiligen Jungfrau um und polterte so gegen den Kopf des Prinzen, dass die Rinde aus dem Ohr sprang. Der Prinz erwachte sogleich und schrie Alarm. Da eilten viele Diener herbei und ergriffen den Unhold. Auch der König kam, er ließ im Kamin ein großes Feuer entfachen und Deusmi hineinwerfen, sodass er gänzlich verbrannte. Itria aber lebte mit ihrem Gemahl, ihren Schwestern und Schwagern und ihrem Vater lange und glücklich unter dem Schutz der Madonna. Und wenn ihr klug seid, dann macht ihr es ebenso, denn einen besseren Schutz gibt es nicht.

VON DEN ZWÖLF MONATEN

Slowakei

Es war einmal eine Mutter, die hatte zwei Töchter. Die eine war ihre eigene, die andere ihre Stieftochter. Ihre eigene Tochter liebte sie sehr, die Stieftochter aber konnte sie nicht einmal anschauen, und nur deshalb, weil Maruschka schöner war als ihre Holena. Die gute Maruschka wusste von ihrer Schönheit nichts. Sie konnte sich gar nicht erklären, warum die Mutter immer so zornig wurde, wenn sie sie erblickte.

Maruschka musste alle Arbeit alleine verrichten: die Stube aufräumen, kochen, waschen, nähen, spinnen, weben, Gras holen und auch die Kuh musste sie allein versorgen. Holena putzte sich nur fein heraus und tat sonst gar nichts. Aber Maruschka arbeitete gern. Sie war geduldig und ertrug das Schimpfen und das Fluchen von Schwester und Mutter wie ein Lamm.

Das nützte ihr jedoch alles gar nichts. Die beiden wurden von Tag zu Tag schlimmer, und zwar einzig und allein darum, weil Maruschka immer schöner, Holena jedoch immer hässlicher wurde. Die Mutter dachte: ›Warum sollte ich die schöne Stieftochter hier in meinem Haus dulden, wenn meine eigene Tochter nicht auch schön ist? Die Burschen werden auf Brautschau kommen, Maruschka wird ihnen gefallen und sie werden sie haben wollen. Und meine Holena bleibt sitzen!‹

Von diesem Augenblick an versuchten die Stiefmutter und ihre Tochter, die arme Maruschka loszuwerden. Sie quälten sie mit Hunger, sie schlugen sie, doch Maruschka ertrug alles geduldig und wurde von Tag zu Tag schöner. Da dachten sie sich Qualen aus, wie sie rechtschaffenen Menschen gar nicht erst in den Sinn gekommen wären.

Eines Tages, es war Mitte Januar, wollte Holena unbedingt Veilchen haben. »Geh, Maruschka, bring mir aus dem Wald einen Strauß Veilchen! Ich will sie mir hinter den Gürtel stecken und ihren Duft genießen!«, befahl sie der Schwester.

»Aber wie sollen denn in dem Schnee Veilchen wachsen?«, versetzte das arme Mädchen.

»Du nichtsnutziges Ding, du Kröte! Du wagst es, zu widersprechen, wenn ich dir befehle? Auf der Stelle wirst du in den Wald gehen, und bringst du mir keine Veilchen, so schlag ich dich tot!«, drohte Holena. Die Stiefmutter packte Maruschka, stieß sie zur Tür hinaus und schloss diese fest hinter ihr zu. Bitterlich weinend ging das Mädchen in den Wald. Der Schnee lag hoch, nicht ein einziger Fußstapfen war zu sehen. Lange, lange irrte das arme Mädchen im Wald umher. Der Hunger plagte sie und sie zitterte vor Kälte. In ihrer Not bat sie Gott, er möge sie aus dieser Welt nehmen.

Da bemerkte sie in der Ferne ein Licht. Sie ging auf den Lichtschein zu und kam auf den Gipfel eines Berges. Oben auf dem Gipfel brannte ein großes Feuer, um das Feuer herum lagen zwölf Steine und auf den Steinen saßen zwölf Männer. Drei hatten weiße Bärte, drei waren etwas jünger, drei waren noch jünger und die drei Jüngsten waren die schönsten. Sie redeten nichts, sondern blickten nur still in das Feuer.

Diese zwölf Männer waren die zwölf Monate. Der Eismonat Januar saß ganz oben. Seine Haare und sein Bart waren weiß wie Schnee und in der Hand hielt er einen Stab. Maruschka erschrak und blieb eine Weile verwundert stehen. Dann aber fasste sie Mut, trat näher und bat: »Liebe Leute, erlaubt mir, dass ich mich an eurem Feuer wärme, die Kälte schüttelt mich!«

Der Eismonat nickte mit dem Kopf und fragte sie: »Weshalb bist du hergekommen, Mädchen? Was suchst du hier?«

»Ich suche Veilchen«, antwortete Maruschka.

»Es ist nicht an der Zeit, Veilchen zu suchen, wenn Schnee liegt«, sagte der Eismonat.

»Das weiß ich wohl«, entgegnete Maruschka traurig, »aber meine Schwester Holena und die Stiefmutter haben mir befohlen, ihnen Veilchen aus dem Wald zu bringen. Bringe ich ihnen keine, werden sie mich totschlagen. Bitte schön, ihr Hirten, sagt mir doch, wo finde ich Veilchen?«

Da erhob sich der Eismonat, schritt zu dem jüngsten Monat, gab ihm den Stab in die Hand und sprach: »Bruder März, setz du dich oben hin!« Der Monat März setzte sich auf den obersten Stein und schwang den Stab über dem Feuer. Im selben Augenblick loderte das Feuer höher auf. Der Schnee begann zu tauen, die Bäume trieben Knospen, unter den Buchen grünte das Gras, in dem Gras erblühten bunte Blumen und es war Frühling. Unter Sträuchern verborgen blühten Veilchen und ehe sich Maruschka versah, sah es aus, als hätte jemand ein blaues Tuch ausgebreitet.

»Schnell, Maruschka, pflücke schnell!«, gebot ihr der März. Maruschka pflückte freudig, bis sie einen großen

Strauß Veilchen beisammenhatte. Dann dankte sie den Monaten und eilte froh nach Hause.

Es wunderte sich Holena, es wunderte sich die Stiefmutter, als sie Maruschka sahen, wie sie einen Veilchenstrauß brachte. Sie öffneten ihr die Tür und der Duft der Veilchen erfüllte die ganze Hütte.

»Wo hast du sie gepflückt?«, fragte Holena ungehalten.

»Hoch oben auf dem Berg, dort wachsen sie haufenweise unter den Sträuchern«, erwiderte Maruschka. Holena nahm die Veilchen, steckte sie sich hinter den Gürtel, roch an ihnen und ließ auch die Mutter schnuppern. Zu ihrer Schwester aber sagte sie nicht: »Riech du auch einmal!«

Am anderen Tag saß Holena träge am Ofen und jetzt hatte sie Lust auf Erdbeeren. »Geh, Maruschka, bring mir Erdbeeren aus dem Wald!«, befahl sie der Schwester.

»Ach Gott, liebe Schwester, wo soll ich denn jetzt Erdbeeren finden! Ich habe nie gehört, dass unter dem Schnee Erdbeeren wachsen«, versetzte Maruschka.

»Du nichtsnutziges Ding, du Kröte! Du widersprichst, wenn ich befehle? Sofort gehst du in den Wald, und bringst du mir keine Erdbeeren, dann schlag ich dich tot!«, drohte die böse Holena. Die Stiefmutter packte Maruschka, stieß sie zur Tür hinaus und schloss diese fest hinter ihr zu.

Bitterlich weinend ging das Mädchen in den Wald. Der Schnee lag hoch, nirgendwo war ein Fußstapfen zu sehen. Die Arme irrte lange, lange umher, der Hunger plagte sie und sie zitterte vor Kälte. Da gewahrte sie in der Ferne dasselbe Licht, das sie schon am Tag zuvor gesehen hatte. Mit Freuden eilte sie darauf zu und kam wieder zu dem großen Feuer, um das die zwölf Monate saßen. Der Eismonat Januar saß wieder ganz oben. »Liebe Leute, erlaubt mir, dass ich mich an eurem Feuer wärme, die Kälte schüttelt mich«, bat Maruschka.

Der Eismonat nickte mit dem Kopf und fragte: »Warum bist du wiedergekommen, was suchst du?«

»Ich suche Erdbeeren«, entgegnete Maruschka.

»Es ist nicht an der Zeit, Erdbeeren zu suchen, wenn Schnee liegt«, sagte der Eismonat.

»Das weiß ich wohl«, antwortete Maruschka traurig, »aber Schwester Holena und meine Stiefmutter haben mir befohlen, ihnen Erdbeeren zu bringen, und bringe ich sie nicht, so schlagen sie mich tot. Ich bitte euch, ihr Hirten, sagt mir, wo ich welche finde!«

Der Eismonat erhob sich, schritt zu dem Monat, der ihm gegenübersaß, gab ihm den Stab in die Hand und sprach: »Bruder Juni, setz du dich nach oben!« Der schöne Monat Juni setzte sich oben auf den Stein und schwang den Stab über dem Feuer. Im selben Augenblick schlug die Flamme hoch empor, der Schnee schmolz dahin, die Erde grünte, die Bäume umhüllten sich mit Laub, die Vögel begannen zu singen, viele verschiedene Blumen blühten im Wald und es war Sommer. Unter den Buchen blühten weiße Sternlein auf, als ob sie jemand dort hingesät hätte. Und schon verwandelten sich die weißen Sternlein in Erdbeeren. Die Erdbeeren reiften schnell und ehe sich Maruschka versah, gab es so viele Erdbeeren in dem grünen Rasen, als ob einer Blut ausgegossen hätte.

»Schnell, Maruschka, pflücke schnell!«, gebot der Juni. Maruschka pflückte freudig, bis sie die Schürze voll hatte. Dann dankte sie den Monaten schön und eilte froh nach Hause.

Es wunderte sich Holena, es wunderte sich die Stiefmutter, als sie sahen, dass Maruschka wirklich Erdbeeren brachte, die ganze Schürze voll. Sie eilten, um ihr die Tür zu öffnen, und der Duft der Erdbeeren ergoss sich in die ganze Hütte.

»Wo hast du sie gepflückt?«, fragte Holena ungehalten.

»Oben auf dem Berg, dort wachsen sie in Hülle und Fülle unter den Bäumen«, erwiderte Maruschka.

Holena nahm die Erdbeeren, aß sich satt und gab auch der Mutter zu essen. Zu Maruschka aber sagten sie nicht: »Koste du auch davon!«

Holena hatten die Erdbeeren gut geschmeckt und drei Tage später gelüstete es sie nach roten Äpfeln. »Geh in den Wald, Maruschka, und bring mir rote Äpfel!«, befahl sie der Schwester.

»Ach Gott, liebe Schwester, woher sollten im Winter Äpfel kommen?«, versetzte die arme Maruschka.

»Du nichtsnutziges Ding, du Kröte! Du widersprichst, wenn ich befehle? Gleich geh in den Wald, und bringst du mir keine roten Äpfel, wahrlich, dann schlag ich dich tot!«, drohte die böse Holena. Die Stiefmutter ergriff Maruschka, stieß sie zur Tür hinaus und schloss diese fest hinter ihr zu.

Bitterlich weinend eilte das Mädchen in den Wald. Der Schnee lag hoch, nirgends war ein Fußstapfen zu sehen. Aber nun irrte das Mädchen nicht mehr lange umher, es ging geradewegs auf den Gipfel des Berges, wo das große Feuer brannte, um das herum die zwölf Monate saßen. Der Eismonat Januar saß wieder ganz oben.

»Liebe Leute, erlaubt mir, dass ich mich an eurem Feuer wärme, die Kälte schüttelt mich«, bat Maruschka und trat zum Feuer.

Der Eismonat nickte mit dem Kopf und fragte: »Weshalb bist du wiedergekommen, was suchst du hier?«

»Ich suche rote Äpfel«, antwortete Maruschka.

»Es ist Winter, das ist nicht die richtige Zeit für rote Äpfel«, sagte der Eismonat.

»Das weiß ich wohl«, entgegnete Maruschka traurig, »aber Schwester Holena und meine Stiefmutter haben mir befohlen, ihnen rote Äpfel aus dem Wald zu bringen. Bringe ich sie nicht, so schlagen sie mich tot. Bitte schön, ihr Hirten, sagt mir, wo ich welche finde!«

Da erhob sich der Eismonat Januar, schritt zu einem der älteren Monate, gab ihm den Stab in die Hand und sprach: »Bruder September, setz du dich oben hin!« Der September setzte sich oben auf den Stein und schwang den Stab über dem Feuer. Die Flamme schoss rot glühend empor, der Schnee schmolz dahin, aber die Bäume hüllten sich nicht in Laub. Ein Blatt nach dem andern fiel herab und der kühle Wind verstreute sie auf dem vergilbten Rasen, eins dahin, das andere dorthin.

Noch nie hatte Maruschka so viele bunte Blumen gesehen. An einem Hang blühten Altmannskraut und rote Nelken, im Tal standen gelbliche Eschen und unter den Buchen wuchsen hohes Farnkraut und dichtes Immergrün. Maruschka aber schaute nur nach roten Äpfeln und tatsächlich entdeckte sie einen Apfelbaum und hoch oben zwischen den Zweigen hingen rote Äpfel.

»Schnell, Maruschka, schüttle die Äpfel herunter!«, gebot der September.

Maruschka schüttelte freudig den Apfelbaum und ein Apfel fiel herab. Maruschka schüttelte noch einmal, ein zweiter Apfel fiel herunter. »Schnell, Maruschka, eile nach Hause!«, gebot der September. Maruschka gehorchte, nahm die zwei Äpfel, dankte den Monaten schön und eilte froh nach Hause.

Es wunderte sich Holena, es wunderte sich die Stiefmutter, als sie sahen, dass Maruschka ihnen wirklich Äpfel
brachte. Sie öffneten ihr die Tür und Maruschka gab
ihnen die zwei Äpfel.

»Wo hast du sie gepflückt?«, fragte Holena aufgebracht.

»Oben auf dem Berg. Sie wachsen dort und es gibt
noch viel mehr davon«, erwiderte Maruschka.

»Warum hast du dann nicht mehr gebracht? Du hast sie
wohl unterwegs aufgegessen?«, sagte die böse Holena.

»Ach, liebe Schwester, ich habe keinen Bissen gegessen.
Ich schüttelte den Baum einmal, da fiel ein Apfel herab,
dann schüttelte ich ihn zum zweiten Mal, da fiel noch
ein Apfel herab. Öfter zu schütteln haben sie mir nicht
erlaubt, sie sagten, ich solle nach Hause gehen«, gab Maruschka zur Antwort.

»Dass dich der Teufel hole!«, fluchte Holena und wollte
Maruschka schlagen.

Maruschka brach in Tränen aus und bat Gott, er solle
sie lieber zu sich nehmen, als sie von der bösen Schwester
und Stiefmutter totschlagen zu lassen. Sie floh in die Küche. Die naschsüchtige Holena ließ das Fluchen sein und
begann, einen Apfel zu essen. Der Apfel schmeckte ihr so
gut, dass sie versicherte, noch niemals in ihrem Leben so
etwas Köstliches gegessen zu haben. Auch die Stiefmutter
ließ sich's schmecken. Die beiden aßen die Äpfel auf und
wollten nun mehr davon haben.

»Mutter, gib mir meinen Pelz! Ich will selbst in den
Wald gehen«, sagte Holena. »Das nichtsnutzige Ding wür-
de die Äpfel nur wieder unterwegs essen. Ich werde den
Ort schon finden, an dem der Apfelbaum steht, und alle
Äpfel herabschütteln, egal ob es erlaubt ist oder nicht!«

Vergebens versuchte die Mutter, es ihr auszureden. Holena zog ihren Pelz an, band sich ein Kopftuch um und eilte in den Wald. Die Mutter stand auf der Türschwelle und sah Holena nach, wie es ihr wohl ergehen werde.

Alles war dicht mit Schnee bedeckt und nirgends war ein Fußstapfen zu sehen. Holena irrte lange, lange umher, aber ihre Naschsucht trieb sie immer weiter. Da gewahrte sie in der Ferne ein Licht. Sie eilte darauf zu und kam auf den Berggipfel. Dort sah sie ein Feuer brennen, um das herum auf zwölf Steinen die zwölf Monate saßen. Holena erschrak bei dem Anblick, doch bald fasste sie sich wieder. Sie ging näher an das Feuer heran und streckte die Hände aus, um sich zu wärmen. Sie fragte die Monate nicht: »Darf ich mich wärmen?«, und überhaupt sprach sie kein einziges Wort zu ihnen.

»Was suchst du hier? Warum bist du hergekommen!«, fragte schließlich der Eismonat Januar erzürnt.

»Warum fragst du, du alter Dummkopf? Du brauchst nicht zu wissen, wohin ich gehe!«, fuhr Holena ihn an, wandte sich vom Feuer ab und ging in den Wald.

Der Eismonat runzelte die Stirn und schwang seinen Stab über dem Kopf. Im selben Augenblick verfinsterte sich der Himmel, das Feuer brannte ganz herunter und Schnee begann zu fallen, als ob jemand ein Federbett ausschüttelte. Ein eisiger Wind wehte durch den Wald. Holena konnte keinen Schritt weit mehr sehen, sie irrte und irrte durch das Schneetreiben. Schließlich stürzte sie in eine Schneewehe, ihre Glieder wurden kraftlos und erstarrten. Unaufhörlich fiel weiter Schnee und der eisige Wind wehte. Holena fluchte auf die Schwester, fluchte auf den lieben Gott. Ihre Glieder erfroren in dem warmen Pelz.

Zu Hause wartete die Mutter auf Holena. Sie schaute zum Fenster hinaus, schaute aus der offenen Tür, sie erwartete die Tochter voll Ungeduld. Stunde um Stunde verstrich, Holena aber kam nicht.

›Vielleicht schmecken ihr die Äpfel so gut, dass sie sich nicht von ihnen trennen kann‹, dachte die Mutter, ›ich muss gehen und sie suchen!‹ Sie zog ihren Pelz an, band ein Kopftuch um und ging, um Holena zu finden. Alles lag voll Schnee, nirgends war ein Fußstapfen zu sehen. Sie rief nach Holena, niemand antwortete. Die Mutter irrte lange, lange umher, der Schnee fiel in dichten Flocken und ein eisiger Wind wehte.

Maruschka kochte inzwischen das Essen und versorgte die Kuh. Doch weder Holena noch die Stiefmutter kamen zurück.

»Wo bleiben sie nur so lange!«, sprach Maruschka zu sich und setzte sich an den Spinnrocken.

Bald war die Spindel voll und es begann in der Stube zu dämmern, aber weder Holena noch die Stiefmutter kamen zurück.

»Ach Gott, es wird ihnen doch nichts zugestoßen sein?«, klagte das Mädchen und sah zum Fenster hinaus. Am Himmel leuchteten Sterne und auf der Erde glänzte der Schnee, aber es ließ sich niemand sehen. Traurig schloss Maruschka das Fenster, schlug ein Kreuz und betete für Schwester und Mutter.

Am nächsten Morgen wartete sie mit dem Frühstück, dann wartete sie mit dem Mittagessen, doch weder Holena noch die Stiefmutter kamen zurück. Beide waren im Wald erfroren.

Der guten Maruschka blieben die Hütte, die Kuh und ein Stückchen Feld. Später fand sich auch ein Mann dazu und die beiden lebten glücklich und in Frieden miteinander.

DER HUND MIT DEN
SPITZEN KLEINEN ZÄHNEN

England

Es war einmal ein Kaufmann, der viel in der Welt umherreiste. Auf einer seiner Reisen überfielen ihn Diebe, und sie hätten ihm nicht nur sein Geld, sondern auch das Leben genommen, wäre da nicht ein großer Hund gekommen, der die Diebe verjagte und ihn so rettete.

Nachdem der Hund die Diebe vertrieben hatte, nahm er den Kaufmann mit in sein Haus, das sehr ansehnlich war. Er verband ihm dort seine Wunden und pflegte ihn, bis er wieder gesund war.

Sobald der Kaufmann aber in der Lage war zu reisen, wollte er zurück nach Hause. Bevor er sich jedoch auf den Weg machte, dankte er dem Hund für seine Freundlichkeit und fragte ihn, welche Gegenleistung er ihm anbieten könne, er sei bereit, ihm das Kostbarste zu geben, das er besitze. Und so sprach der Kaufmann zu dem Hund: »Ich habe einen Fisch, der zwölf Sprachen spricht, nimmst du den als Belohnung an?«

»Nein«, sagte der Hund, »den will ich nicht!«

»Oder eine Gans, die goldene Eier legt?«

»Nein«, sagte der Hund, »die will ich nicht!«

»Oder einen Spiegel, in dem du sehen kannst, was jemand denkt?«

»Nein«, sagte der Hund, »den will ich nicht!«

»Was willst du dann haben?«, fragte der Kaufmann.

»Ich will keine Belohnung dieser Art«, antwortete der Hund«, aber erlaube mir, deine Tochter zu holen und mit mir in mein Haus zu nehmen.«

Als der Kaufmann das hörte, war er sehr bekümmert. Aber was er versprochen hatte, musste er halten, und so sagte er zu dem Hund: »Du kannst kommen und meine Tochter holen, wenn ich eine Woche zu Hause gewesen bin.«

Am Ende der Woche kam also der Hund zum Haus des Kaufmanns, um dessen Tochter abzuholen. Er wollte aber nicht ins Haus hineinkommen, sondern blieb draußen vor der Tür. Die Tochter des Kaufmanns machte es so, wie der Vater es ihr gesagt hatte. Sie kam für die Reise gekleidet heraus und war bereit, mit dem Hund fortzugehen.

Als der Hund sie sah, freute er sich und sagte: »Spring auf meinen Rücken und ich werde dich mit mir nehmen in mein Haus.« So stieg sie auf den Rücken des Hundes und fort ging es in schnellem Lauf, bis sie das Haus des Hundes erreichten, das viele Meilen weit entfernt lag.

Nachdem sie einen Monat lang gemeinsam im Haus des Hundes gelebt hatten, fing das Mädchen an mit ihrem Schicksal zu hadern und weinte.

»Warum weinst du?«, fragte der Hund.

»Weil ich zurück will zu meinem Vater«, antwortete sie.

Da sagte der Hund: »Wenn du mir versprichst, dass du nicht mehr als drei Tage zu Hause bleibst, werde ich dich hinbringen. Aber zuallererst«, erkundigte er sich, »wie nennst du mich?«

»Einen großen, grässlichen Hund mit spitzen kleinen Zähnen«, antwortete sie.

»Dann«, stellte er fest, »werde ich dich nicht gehen lassen.«

Aber sie weinte so jämmerlich, dass er ihr erneut versprach, sie nach Hause zu bringen. »Bevor wir jedoch aufbrechen«, sprach er, »sag mir, wie du mich nennst.«

»Oh«, antwortete sie, »dein Name ist Süß-wie-eine-Honigwabe.«

»Steig auf meinen Rücken«, sagte er, »und ich bringe dich nach Hause.«

So eilte der Hund mit dem Mädchen auf dem Rücken davon und nachdem er vierzig Meilen weit gelaufen war, kamen sie an einen Zaunübertritt. Dort hielt der Hund an.

»Und, wie nennst du mich?«, fragte er vor dem Hinübersteigen.

Da das Mädchen dachte, dass sie ganz sicher auf ihrem Weg nach Hause sei, antwortete sie: »Einen großen, grässlichen Hund mit spitzen, kleinen Zähnen.«

Aber als sie das gesagt hatte, sprang er nicht über den Zaun, sondern drehte sich auf der Stelle um und rannte, mit dem Mädchen auf dem Rücken, zurück zu seinem eigenen Haus.

Eine weitere Woche verging und das Mädchen weinte wieder so bitterlich, dass der Hund ihr abermals versprach, sie zum Haus ihres Vaters zu bringen. So setzte sich das Mädchen noch einmal auf den Rücken des Hundes und sie erreichten wie zuvor den ersten Zaunübertritt. Dort hielt der Hund an und fragte: »Und, wie nennst du mich?«

»Süß-wie-eine-Honigwabe«, erwiderte sie.

Sofort sprang der Hund über den Zaun und lief weiter, bis sie nach zwanzig Meilen einen anderen Zaunübertritt erreichten.

»Und, wie nennst du mich?«, fragte der Hund und wedelte mit dem Schwanz.

Sie aber dachte mehr an ihren Vater und ihr Zuhause als an den Hund, und so antwortete sie: »Einen großen, grässlichen Hund mit spitzen, kleinen Zähnen.«

Da geriet der Hund in großen Zorn und er drehte sich auf der Stelle um und rannte zurück zu seinem eigenen Haus.

Nachdem das Mädchen eine weitere Woche geweint hatte, versprach der Hund ihr wieder, sie zum Haus ihres Vaters zurückzubringen. Da stieg sie abermals auf seinen Rücken und als sie den ersten Zaunübertritt erreichten, fragte der Hund: »Und, wie nennst du mich?«

»Süß-wie-eine-Honigwabe«, antwortete sie.

Da sprang der Hund über den Zaun und weiter ging es. Jetzt entschloss sich das Mädchen, nur noch die liebevollsten Dinge zu sagen, die ihr in den Sinn kamen – und so erreichten sie das Haus ihres Vaters.

Als sie an die Haustür des Kaufmanns kamen, fragte der Hund: »Und, wie nennst du mich?«

Gerade in diesem Moment jedoch vergaß das Mädchen, dass sie nur noch Liebenswürdigkeiten sagen wollte, und begann: »Einen großen…« Im selben Augenblick fing der Hund an, sich umzudrehen. Sie aber hielt sich an der Türklinke fest und wollte gerade sagen »grässlichen«, als sie sah, wie traurig der Hund sie anschaute. Da erinnerte sie sich daran, wie wohlwollend und geduldig er immer mit ihr gewesen war, und sie sagte schnell: »Süßer-als-eine-Honigwabe.«

Nun meinte sie, der Hund wäre damit zufrieden und würde fortrennen. Stattdessen aber richtete er sich auf seine Hinterpfoten auf und mit seinen Vorderpfoten nahm er den Hundekopf herunter und schleuderte ihn hoch in die Luft.

Dann warf er sein Fell ab und vor ihr stand der schönste junge Mann der Welt und er hatte die süßesten spitzen kleinen Zähne, die man je gesehen hat. Natürlich heirateten die beiden und sie lebten glücklich und zufrieden miteinander.

EIN MÄRCHEN VON BRUDER UND SCHWESTER

Portugal

Es gab einmal eine Zeit, da waren die Leute noch nicht so wie heute. Sie waren − ja, wie soll ich sagen? −, sie konnten, was sie wollten, und wenn jemand ans Ende der Welt gehen wollte, er kam hin. Und wenn jemand zum Himmel hinaufsteigen wollte, ob ihr es glaubt oder nicht, es gelang ihm, dort anzukommen. Seitdem haben wir verlernt, was unsere Ahnen vermochten, und wir können nur noch davon erzählen.

Es waren da einmal ein Mann und eine Frau, die hatten zwei Kinder, einen Sohn und eine Tochter. Und sie lebten so lange glücklich und zufrieden, bis eines Tages die Frau krank wurde und starb.

Der Mann war nun allein geblieben und dachte nicht mehr daran, sich zu verheiraten. Er war reich, hatte ein Haus mit einem großen und schönen Garten, Pferde und Wagen und alles, was zu einem guten Leben gehört.

In der Nachbarschaft aber wohnte ein junges Mädchen, das war ebenso hübsch wie verdorben. Sie sah den Besitz und wollte ihn haben. Und was sie wollte, das erreichte sie auch. Wenn die Tochter des Mannes, die Maria hieß, oder der Sohn, der den Namen José hatte, an ihrem Haus vorbeikamen, rief sie die Kinder ins Haus, bewirtete und beschenkte sie reichlich, sodass die Kinder meinten, sie sei eine gute junge Frau. Und Maria und José erzählten daheim alles ihrem Vater und wie liebevoll jene Nachbarin mit ihnen sei.

Eines Tages lud die Nachbarin die Kinder ein und sagte zu ihnen: »Nächste Woche feiere ich meinen Geburtstag. Wenn ihr es fertigbringt, dass euer Vater auch zum Fest kommt, darf sich jedes von euch etwas von meinen Sachen hier im Haus wünschen, sei es eine Kette oder ein Tuch, ein Dolch oder ein Zaumzeug.«

Die Kinder waren begeistert von dieser Einladung und dem Angebot der Frau, und sie erzählten es daheim ihrem Vater. Der wollte lange nicht mitgehen, denn seit dem Tode seiner Frau lebte er sehr zurückgezogen. Aber er wollte den Kindern den Gefallen tun und so ging auch er mit ihnen zur Nachbarin.

Man feierte da ein großes Mahl, aß und trank reichlich verschiedene Leckereien. Auch dem Witwer gefiel es dort sehr gut, und er blieb länger, als er eigentlich hatte bleiben wollen. Gegen Ende des Festes aber stand der Mann auf und sagte: »Es war sehr schön, aber wir müssen nun nach Hause.« Da sagte die Nachbarin: »Noch einen Augenblick! Ich habe den beiden Kindern etwas versprochen und das will ich halten.« Und sie stand auf, nahm José und Maria bei der Hand und führte sie durch ihr ganzes Haus, damit sie sich ein Geschenk auswählen konnten. Sie schenkte Maria einen Ring und José einen silbernen Dolch. Und als sie in den Saal zurückkamen, wo die Gäste saßen, da öffnete sie eine Lade und schenkte auch dem Vater der Kinder etwas, ein schönes, seidenes Halstuch schenkte sie ihm.

Es verging einige Zeit und der Vater der Kinder dachte schon nicht mehr an die hübsche Nachbarin, da kam es ihm eines Tages in den Sinn, das Halstuch anzuziehen, und als er es trug, erwachte eine unwiderstehliche Liebe zu jener Frau in ihm. Er fragte seine Kinder: »Nun, ich sehe, ihr geht öfter zu unserer Nachbarin. Wie gefällt sie euch?«

»Vater, sie gefällt uns sehr gut.«

»Wollt ihr sie als Mutter haben?«

»Ja, das wollen wir.«

Nun, der Mann ging zu ihr, und obwohl ihm die Leute abrieten, heiratete er jene junge Frau.

Am Tag nach der Hochzeit sollte sie in das Haus ihres Mannes übersiedeln. Sie aber ließ die Kinder zu sich kommen und sagte zu ihnen: »Ist es hier nicht schöner als in eurem alten Haus? Wenn ihr es fertigbringt, dass euer Vater hierherzieht, soll jedes von euch ein eigenes Zimmer haben, und alles, was in dem Zimmer steht, soll euch gehören.«

Diesmal war es für José und Maria nicht so einfach, ihren Vater umzustimmen, denn er meinte, es gehöre sich nicht, dass der Mann in das Haus seiner Frau zöge. Aber als ihn die Kinder gar so sehr baten, gab er endlich nach, verkaufte sein eigenes Heim und zog in das Haus seiner zweiten Frau.

Zunächst ging alles ganz gut. Aber die junge Frau war eine Hexe und sie hatte nicht aus Liebe geheiratet, sondern weil sie den Besitz des Mannes wollte. Sie hasste den Mann ebenso wie seinen Sohn. Das Mädchen aber mochte sie und sie wollte aus ihr auch eine Hexe machen.

Eines Tages, was tat sie? Als ihr Mann schlief, berührte sie ihn mit einem Zauberzweig und im gleichen Augenblick wurde er zu einer Statue aus Holz. Die nahm sie und trug sie hinaus in den Schuppen, wo sie den hölzernen Mann hinter verschiedenen Geräten versteckte.

Dann ging sie in das Zimmer, wo José schlief, und berührte auch ihn mit der Zaubergerte. Da verwandelte er sich augenblicklich in einen Hund und diesen Hund trieb sie unter Schlägen aus dem Hause.

Als Maria am nächsten Morgen erwachte, lief sie ins Zimmer ihres Bruders, aber sie fand da niemanden. Ihre Stiefmutter aber war schon aufgestanden und fragte sie: »Maria, wen suchst du?«

»Ich suche meinen Bruder José.«

»Ach, dein Bruder und dein Vater sind fortgegangen. Sie wollen eine Wallfahrt machen.«

Maria weinte, denn sie war traurig, dass der Vater und der Bruder sie nicht mitgenommen hatten. Aber schließlich beruhigte sie sich wieder und wartete auf ihre Heimkehr. Maria wartete einen Tag, sie wartete eine Woche, sie wartete einen Monat. Ja, es verging ein Jahr, und weder der Vater noch der Bruder kehrten heim.

Eines Sonntags ging Maria in die Kirche – sie ging immer zusammen mit einer Magd, denn ihre Stiefmutter ging nicht in die Kirche – und als die Messe aus war, ging die Magd, um noch eine Kerze anzuzünden. Und als Maria allein in der Ecke stand, hörte sie eine Stimme, die sagte: »Maria, komm heute Abend zum Brunnen.« Es war ihr, als habe sie die Stimme ihrer Mutter gehört. Aber als sie sich umsah, erblickte sie niemanden.

Als sie am nächsten Sonntag wieder in der Kirche war und die Magd gerade nach vorn ging, um eine Kerze anzuzünden, hörte sie wieder die gleiche Stimme: »Maria, komm heute Abend zum Brunnen! Du musst es unbedingt tun, sonst geschieht dir ein Unheil.« Maria sah sich um, aber sie konnte niemanden sehen. Nun war sie aber doch sehr erschrocken. Am Abend schlich sie leise aus dem Haus und ging zum Brunnen. Dort fand sie keine menschliche Seele, nur ein Hund lag dort. Als Maria kam, stand er auf, wedelte mit dem Schwanz und sagte: »Maria, ich bin José, dein Bruder. Die Stiefmutter ist eine böse Hexe und sie hat unseren Vater getötet. Mich hat sie in einen Hund verwandelt und aus dir will sie auch eine Hexe machen.«

»Was soll ich tun?«, fragte Maria.

»Du musst dir alles gut merken, was ich dir jetzt sage. Tust du alles genau so, dann können wir gerettet werden. Sonst sind wir alle drei verloren. Also pass gut auf!«

»Sprich nur!«

Der Hund legte sich hin und auch Maria setzte sich am Brunnen nieder. Da sprach José weiter: »Wenn wieder Vollmond ist, dann wird die Hexe nachts das Haus verlassen. Du darfst nicht einschlafen, sondern musst wach bleiben. Sofort, wenn die Hexe weg ist, gehst du in den Schuppen im Garten. Dort findest du in einem Winkel eine hölzerne Figur, das ist unser guter Vater. Du wirst ihn auf die Schulter nehmen und mit dir davontragen. Nimm auch den silbernen Dolch, der in meinem Zimmer liegt, und den Ring, den die Hexe dir geschenkt hat. Wenn du alles beisammenhast, dann komm hierher zum Brunnen. Ich werde hier auf dich warten. Was weiter geschehen muss, weiß ich, und es wird geschehen. Sei aber auf der Hut, weil die Hexe versuchen wird, dich einzuschläfern, ehe sie aus dem Haus geht.«

»Sei unbesorgt, ich will schon aufpassen«, erwiderte Maria.

So kam die Zeit, als der Mond voll wurde und die Hexe zum Tanzen gehen wollte. Am Abend brachte sie noch einen Becher voll Milch an Marias Bett und sagte: »Mein liebes Mädchen, trink hier diese Milch! Sie ist gesund und wird dir guttun. Trink und stärke dich, denn wir wollen bald eine Reise machen.«

»Ja, Mutter, ich will nur noch beten, dann werde ich die Milch trinken und schlafen.«

»So ist's recht, mein Schätzchen.«

Als die Mutter das Zimmer verlassen hatte, stand Maria auf, goss die Milch in den Nachttopf und legte sich dann wieder ins Bett, machte die Augen zu und tat so, als ob sie schliefe. Nach einigen Minuten öffnete sich die Tür, die Hexe kam herein, sah nach dem Mädchen und meinte, sie schliefe. Dann ging sie und verließ das Haus.

Kaum hatte Maria vernommen, dass das Tor geschlossen war, da erhob sie sich leise, zog sich an und schlich in den Schuppen. Dort zündete sie eine Kerze an, suchte, und fand wirklich eine hölzerne Figur, die wie ihr Vater aussah. Die staubte sie mit einem Tüchlein ab, nahm sie über die Schulter, trug sie bis zum Haustor, kehrte dann aber noch einmal zurück, um aus dem Zimmer von José den silbernen Dolch zu holen, den sie in ihren Gürtel steckte.

Als sie alles beisammenhatte – den Ring trug sie bereits am Finger –, öffnete sie leise das Tor, schaute nach links, schaute nach rechts, und als sie niemanden sah, lud sie sich die Holzfigur auf und eilte, so schnell sie konnte, zum Brunnen.

Am Brunnen wartete schon der Hund, der – wie ihr wisst – ihr Bruder José war. »Nun lauf, so schnell du kannst, hinter mir her! Bis morgen früh müssen wir jenseits des Flusses sein, denn die Hexe wird uns verfolgen, aber sie hat nur diesseits des Flusses Gewalt. Drüben sind wir so stark wie sie.« Und nun begann ein Lauf, der die arme Maria ganz außer Atem brachte. Aber es wurde gerade langsam hell und da sahen sie den Fluss.

»Was sollen wir machen? Wie kommen wir da hinüber? Es gibt ja weit und breit keine Brücke«, sagte Maria.

»Du musst unseren hölzernen Vater ins Wasser legen und dich an ihm festhalten! Ich werde schwimmen und euch über den Fluss ziehen.«

Und so hat Maria es gemacht. Sie hat die Holzfigur wie ein Brett in den Fluss gelegt und sich daran angeklammert. Der Hund aber ist ins Wasser gesprungen, hat die Figur mit seinen Zähnen an den Füßen gefasst und seinen Vater und seine Schwester über den Fluss gezogen. Am anderen Ufer sind alle nass aus dem Wasser gestiegen, Maria hat sich wieder die Figur aufgeladen und der Hund ist ihr vorausgesprungen, bis sie zu einem Wald gekommen sind. Dort haben sie Rast gemacht.

In der Zwischenzeit war die Hexe heimgekommen und bevor sie sich zu Bett legte, wollte sie noch nach Maria schauen. Sie öffnete leise die Türe zu dem Zimmer des Mädchens: Nichts! Ganz erschreckt lief die Hexe durchs Haus, durchsuchte alle Räume. Nichts! Maria war nicht zu finden. Sie tobte: »Oh, diese Verräterin!«, rief sie. »Sie muss die Milch weggeschüttet haben!«

Die Hexe rannte in den Schuppen und sagte bei sich: »Nun werde ich den Alten endlich verbrennen! Warum habe ich es nicht schon längst getan?« Aber die Holzfigur war verschwunden! »Oh, diese Verräterin! Und ich habe sie gehalten wie eine eigene Tochter! Sie soll mir aber nicht entkommen.«

Dann hat die Hexe sich die Nase mit einer Zaubersalbe eingerieben, um die Spur von Maria aufnehmen zu können, und sie ist schnell wie ein Pferd gelaufen, erst zum

Brunnen, dann zum Dorf hinaus und weiter bis zum Fluss. Aber da war es mit ihrer Kunst aus. Sie hat die Spur verloren und den Fluss konnte sie nicht überqueren.

Lassen wir die Hexe am Fluss und sehen wir, was Maria gemacht hat!

Als Maria und der Hund, ihr Bruder José, sich genügend ausgeruht hatten, nahm das Mädchen die hölzerne Figur ihres Vaters wieder auf die Schulter und sie wanderten in die Berge hinein. Am Abend, als es finster wurde, kamen sie gerade zu der Klause eines Einsiedlers, der an einer Quelle am Rande eines Wäldchens wohnte. Dort stand ein Kirchlein und daran war ein winziges Hüttchen gebaut, das nur aus einem einzigen Raum bestand. Maria klopfte dort an: »Guten Abend.«

»Ave Maria«, antwortete der Klausner, »was willst du hier so spät am Abend?«

»Ich bin ein armes Mädchen, das auf der Flucht vor einer Hexe ist.«

»So komm herein!«

Das Mädchen ging hinein und erzählte dem Einsiedler ihre Geschichte. Der fromme Mann dachte lange nach, dann sagte er: »Für das Erste kannst du hierbleiben, hier bist du sicher. Freilich musst du dich damit abfinden, auf der Empore in der Kirche zu schlafen, wie es die Pilger tun, denn hier ist kein Platz und es schickt sich nicht.«

So schlief das Mädchen in dem Kirchlein, vor dessen Tür sich der Hund niederlegte, und im Vorraum hatte sie die hölzerne Figur des Vaters abgestellt.

Nach einigen Tagen sagte der Alte: »Ich habe in meinen Büchern nachgelesen und nun weiß ich, was ich machen muss. Ich weiß auch, wie dein Vater und dein Bruder wieder erlöst werden können. Ich werde die hölzerne Figur deines Vaters verbrennen. Die Asche aber muss ich zu einem bestimmten heiligen Teich tragen und mit dem Lehm dort vermischen. Dein Bruder José kann mich begleiten, du aber musst hierbleiben. Und nun pass auf: Du weißt nicht, dass der Ring von der Hexe ein Zauberring ist. Mit ihm kann man jede beliebige Gestalt annehmen. Steck ihn gleich an deinen Mittelfinger und sag: ›Mach mich zum Einsiedler!‹«

Maria holte den Ring heraus, steckte ihn an den Mittelfinger und sagte: »Mach mich zum Einsiedler!« Und sogleich verwandelte sie sich in eine Gestalt, die dem Eremiten gleichsah wie ein Ei dem anderen, oder besser: wie ein Zwillingsbruder seinem Zwillingsbruder ähnlich sieht.

Dann sagte der Alte: »Während ich unterwegs bin, wird die Hexe hierherkommen. Sie wird dich fragen, ob du ein Mädchen mit einem Hund und einer hölzernen Figur gesehen hast. Dann wirst du sagen: ›Ja, ich habe sie gesehen.‹ Darauf wird die Hexe fragen: ›Wohin sind sie gegangen?‹ Und du wirst erwidern:

›Das Mädchen und der Hund
waren hier wohl manche Stund.
Sie gingen zum heiligen Teich.
Mir ist das Ganze gleich.‹

Dann wird die Hexe dorthin gehen, wo wir sein werden, aber sie wird uns nicht begegnen, weil wir einen anderen Heimweg nehmen.« Und damit schulterte der Alte die hölzerne Figur von Marias Vater, rief den Hund José und wanderte davon.

Maria aber ging in der Gestalt eines Klausners zur Kirche und läutete die Glocke, denn es war gerade Zeit. Und kaum hatte sie die Glocke geläutet und ihr Gebet zu Ende gesprochen, da kam die Hexe.

Die Hexe erkannte Maria nicht, wohl aber erkannte Maria sogleich ihre Stiefmutter wieder. »He, Alter«, sagte die Hexe, »hast du nicht ein Mädchen mit einer hölzernen Figur und mit einem Hund gesehen?«

»Oh doch, ich habe sie gesehen und ich habe sie einige Tage hier beherbergt.«

»Und wohin ist sie gegangen?«

»Du musst mir Zeit lassen, denn ich muss erst beten, und wenn ich fertig bin, werde ich nachdenken und es dir vielleicht sagen können.«

Der Klausner betete und betete, die Hexe aber strich draußen vor der Kirche unruhig auf und ab. Und nach einer Weile rief sie zur Tür hinein: »Bist du noch nicht fertig?«

»Nein, ich bin noch nicht fertig. Aber gleich.«

Nachdem die Hexe längere Zeit so gewartet hatte und es inzwischen Abend geworden war, kam Maria in der Gestalt des Eremiten aus der Kirche heraus und sagte: »Also, jetzt bin ich fertig. Und soweit ich mich erinnern kann, wollte das Mädchen zu einem heiligen See oder Teich oder Tümpel gehen. Ganz genau weiß ich es aber nicht mehr.«

»Nun, das werde ich schon herausfinden. Aber für heute ist es schon zu spät. Kann ich hier bei dir übernachten?«

»Du kannst, wenn du willst, in meiner Hütte schlafen. Ich selbst werde dann in der Kirche bleiben.«

Am nächsten Morgen machte sich die Hexe auf den Weg, ohne sich bei dem Einsiedler zu bedanken, und sie rannte und rannte, aber Maria und den Hund fand sie nicht.

Am Abend kam die Hexe wieder zu der Hütte des Einsiedlers und fragte: »Ist das Mädchen mit dem Hund noch nicht zurück?« Und der Einsiedler antwortete:

»Das Mädchen und der Hund
waren hier wohl manche Stund.
Sie gingen zum heiligen Teich.
Mir ist das Ganze gleich.«

»Das glaube ich schon, dass dir das Ganze gleich ist«, rief die Hexe wütend, »aber mir nicht!«

Am nächsten Morgen nahm sie wieder die Spur auf, rannte bis zum heiligen Teich und kam am Abend wieder: »He, Mann! Ist das Mädchen mit dem Hund noch nicht zurück?« Und der Einsiedler antwortete wieder:

»Das Mädchen und der Hund
waren hier wohl manche Stund.
Sie gingen zum heiligen Teich.
Mir ist das Ganze gleich.«

»Und wenn es dir tausendmal gleich ist«, schrie die Hexe, »mir nicht! Und ich werde das Mädchen und den Hund schon noch erwischen.«

Am nächsten Tag um die Mittagszeit kam der richtige Einsiedler mit dem Vater von José und Maria, der nun wieder lebendig war, zurück. Und der Eremit sagte zu Maria, nachdem sie ihren Vater begrüßt hatte: »Nun gib einmal den Zauberring deinem Vater, denn wir wollen aus ihm auch einen Eremiten machen.« Maria zog also den Ring von ihrem Finger, gab ihn dem Vater, und der steckte ihn an und sagte: »Mach mich zum Einsiedler!« Und so geschah es.

Dann aber sagte der richtige Klausner: »Den Hund müssen wir in der Kirche verstecken. Nun wohl, ich weiß, Hunde dürfen ja eigentlich nicht in die Kirche. Aber dieser Hund ist ja eigentlich ein guter Christ. Lauf also und versteck dich dort!« Und José machte es so.

Als die Hexe gegen Abend kam, läutete gerade die Glocke und aus der Kirche hörte man einen schönen und frommen Gesang: Drei Mönche sangen dort die Vesper. Die Hexe konnte nichts machen, als zu warten. Endlich waren die Mönche drinnen fertig. Als sie herauskamen, staunte die Hexe über ihre große Ähnlichkeit.

»Wie gibt es das?«, fragte sie. »Ihr seht euch so ähnlich, dass ich nicht mehr sagen kann, mit wem von euch ich bisher gesprochen habe!«

»Das kommt daher, dass wir Brüder sind.«

»Und wie steht es nun mit dem Mädchen und ihrem Hund?«

»Ach, lass uns endlich mit deinem Mädchen und deinem Hund zufrieden! Uns interessieren weder Mädchen noch Hunde, denn wir haben etwas anderes zu tun.«

Die Hexe aber wollte nicht gehen. Da sagte der richtige Einsiedler zu ihr: »Du kannst hier nicht jede Nacht zubringen. Nun sind meine Brüder da und wir brauchen die Hütte selbst. Such dir anderswo ein Nachtquartier!«

Er wusste aber, dass die Hexe in der Nacht wiederkommen würde, und er nahm den silbernen Dolch, den die Hexe José geschenkt hatte, und befestigte ihn so am Fensterbrett des Hüttchens, dass die Spitze nach oben zeigte.

In der Nacht, als es ganz finster war und alle schliefen, öffnete die Hexe leise den Fensterladen und wollte durchs Fenster in das Hüttchen hineinsteigen. Aber als sie sich dort nach vorne lehnte, drang ihr der Dolch in die Brust und zerschnitt ihr das Herz.

Am nächsten Morgen trugen die drei sie in den Wald und verscharrten sie dort. Dann verwandelten sich Maria und ihr Vater mithilfe des Zauberrings in ihre alte Gestalt zurück und auf den Rat des Einsiedlers gaben sie dem Hund den Ring ins Maul. Kaum hatte er den Ring verschluckt, da erhielt auch er seine menschliche Gestalt zurück.

So endete alles gut, und Maria und José besuchten viele Jahre hindurch den alten Einsiedler, der sogar noch ihre Kinder taufte.

Und jetzt ist die Geschichte zu Ende.

KARI HOLZROCK

Norwegen

Es war einmal ein König, der war Witwer geworden. Aber von seiner Königin hatte er eine Tochter, die war so lieb und so schön, dass keine lieber und schöner sein konnte. Lange ging der König umher und trauerte um die Königin, die er sehr geliebt hatte. Doch schließlich wurde er es leid, allein zu leben, und er verheiratete sich mit einer Königinwitwe, die ebenfalls eine Tochter hatte. Diese Tochter aber war gerade so hässlich und schlimm, wie die andere schön und lieb war. Die Stiefmutter und ihre Tochter waren auf des Königs Tochter neidisch, doch solange der König zu Hause war, wagten sie nicht, ihr etwas anzutun.

Aber nach einer Weile geriet der König in einen Krieg mit einem anderen König und zog aus zum Kampf. Da glaubte die Königin, sie könne tun, was sie wolle. Sie ließ die Königstochter hungern, schlug sie und stieß sie in den Ecken umher. Am Ende meinte sie, alles sei zu gut für sie, und so musste sie auf die Weide. So zog die Königstochter mit dem Vieh in den Wald und ins Fjäll und weidete es dort. Zu essen erhielt sie wenig oder nichts. Sie wurde bleich und mager, weinte fast ständig und war traurig.

In der Herde gab es einen großen blauen Stier, der sich stets sauber und blank hielt. Der kam oft zu der Königstochter und ließ sich von ihr liebkosen. Einmal, als sie dasaß und weinte, kam der Stier zu ihr und fragte, warum sie so traurig sei. Sie gab keine Antwort und weinte weiter.

»Ja«, sagte der Stier, »ich weiß es ja, auch wenn du es nicht sagen willst. Du weinst, weil die Königin so böse zu dir ist und weil sie dich verhungern lassen will. Aber ums Essen brauchst du dich nicht zu sorgen. In meinem linken Ohr liegt ein Tischtuch. Wenn du es herausnimmst und ausbreitest, dann kannst du so viel zu essen bekommen, wie du willst.«

Das tat sie. Sie zog das Tuch heraus, breitete es auf dem Boden aus, und da tischte es die feinsten Gerichte auf, die man sich nur wünschen konnte. Da gab es Wein und Met und Süßigkeiten. Die Königstochter kam rasch wieder zu Kräften. Sie wurde so rot und rund und weiß, dass die Königin und ihre eigene schmächtige, dürre Tochter blau und bleich wurden vor Zorn. Die Königin aber konnte nicht begreifen, wie die Stieftochter bei solch schlechter Kost so gut aussehen konnte. Da sagte sie zu einer Dienerin, sie solle ihr nachgehen in den Wald und aufpassen, wie das zusammenhänge, denn sie glaubte, dass jemand vom Gesinde ihr zu essen gebe. Das Mädchen ging also der Königstochter nach in den Wald, gab Acht und entdeckte, wie die Königstochter dem blauen Stier das Tischtuch aus dem Ohr zog, es ausbreitete, und wie das Tuch sich mit den köstlichsten Gerichten deckte und die Königstochter sich daran gütlich tat. Da ging die Dienerin heim und erzählte alles der Königin.

Bald darauf kehrte der König zurück. Er hatte den anderen König überwunden, der mit ihm im Krieg gelegen hatte. Im Schloss herrschte große Freude und keiner war froher als des Königs Tochter. Aber die Königin legte sich aufs Krankenbett und gab dem Arzt viel Geld, damit er sage, sie könne nur dann wieder gesund werden, wenn sie Fleisch von dem blauen Stier zu essen bekäme. Sowohl die Königstochter als auch die Leute fragten den Arzt, ob nicht etwas anderes helfen könne. Sie baten für den Stier, denn alle hatten ihn gern. Und sie sagten, einen solchen Stier gebe es im ganzen Reich nicht mehr. Nein, er müsse geschlachtet werden und er solle geschlachtet werden, daran führe kein Weg vorbei. Als die Königstochter das hörte, wurde ihr ganz übel zumute, und sie ging hinab in den Stall zu dem Stier. Der stand dort, ließ den Kopf hängen und sah so traurig aus, dass sie in Tränen ausbrach.

»Warum weinst du?«, fragte der Stier.

Da sagte sie, dass der König heimgekehrt sei und die Königin sich aufs Krankenbett gelegt und den Arzt habe kommen lassen. Den Arzt aber habe sie dazu gebracht, zu sagen, dass sie nicht gesund werden könne, wenn sie nicht vom Fleisch des blauen Stiers zu essen bekäme. Und nun solle der Stier geschlachtet werden.

»Nehmen sie mir das Leben«, sagte der Stier, »so werden sie bald auch dich ums Leben bringen. Stimmst du mir zu, so gehen wir noch heute Nacht auf und davon.«

Ja, die Königstochter traf es zwar hart, ihren Vater verlassen zu müssen, doch schlimmer wäre es, im selben Haus mit der Königin zu bleiben. Und so versprach sie dem Stier zu kommen.

Am Abend, als die anderen sich schlafen gelegt hatten, schlich sich die Königstochter hinunter in den Stall zu dem Stier. Da nahm er sie auf den Rücken und rannte davon aus dem Königsgut, so rasch er nur konnte. Als die Leute am nächsten Morgen in der Frühe aufstanden, war er fort. Und als der König aufstand und nach seiner

Tochter fragte, war sie ebenfalls fort. Er sandte Botschafter überallhin, um nach ihr zu forschen, und er ließ die Kirchenglocken nach ihr läuten – aber da war niemand, der etwas von ihr gesehen hatte.

Inzwischen durchmaß der Stier mit der Königstochter auf dem Rücken viele Länder und so gelangte er auch in einen großen Kupferwald. Die Bäume und Zweige, Blätter und Blumen und alles andere auch waren aus Kupfer. Doch bevor sie den Wald betraten, sagte der Stier zur Königstochter: »Wenn wir in den Wald kommen, so nimm dich in Acht, dass du kein Blatt anrührst, sonst ist es aus mit mir und mit dir, denn hier wohnt ein Troll mit drei Köpfen. Dem gehört dieser Wald.«

Nein, Kreuz darüber, sie nehme sich gewiss in Acht und werde nichts anrühren. Sie war ganz vorsichtig, bog sich zur Seite vor den Zweigen und schob sie mit den Händen weg – doch der Wald war so dicht, dass kaum durchzukommen war. Und wie sehr sie sich auch Mühe gab, geschah es dennoch, dass ihr ein Blatt abriss und in ihrer Hand blieb.

»Auweh, auweh«, sagte der Stier, »was hast du da gemacht! Jetzt gilt es einen Kampf auf Leben und Tod. Heb aber das Blatt gut auf!«

Kurz darauf kamen sie ans Ende des Waldes. Und da kam auch schon ein Troll mit drei Köpfen angestürzt.

»Wer hat meinen Wald angerührt?«, rief der Troll.

»Das ist ebenso mein wie dein Wald«, erwiderte der Stier.

»Darum werden wir uns schlagen!«, schrie der Troll.

»Das ist mir recht«, entgegnete der Stier.

So preschten sie aufeinander los und kämpften. Und der Stier stieß und schlug aus nach Leibeskräften. Aber der

Troll schlug sich ebenso gut und es währte den ganzen Tag, ehe der Stier ihm ein Ende machen konnte. Doch da war er so voller Wunden und so elend, dass er kaum mehr gehen konnte, und sie mussten einen ganzen Tag lang ausrasten. Da sagte der Stier zur Königstochter, sie solle das Salbenhorn nehmen, das am Gürtel des Trolls hing, und ihn daraus einsalben. Da war er wieder der Alte und tags darauf zogen sie weiter.

So wanderten sie viele, viele Tage – und schließlich gelangten sie zu einem Silberwald. Die Bäume und ihre Zweige, die Blätter und die Blumen: Alles war aus Silber.

Bevor der Stier den Silberwald betrat, sagte er zur Königstochter: »Wenn wir jetzt diesen Wald betreten, musst du dich um Gottes willen in Acht nehmen. Du darfst rein gar nichts anrühren und nicht einmal ein Blatt abreißen, sonst ist es um uns beide geschehen, um dich und um mich. Hier haust ein Troll mit sechs Köpfen, dem gehört der Wald. Und mit diesem Troll werde ich es wohl kaum aufnehmen können.«

»Nein«, sagte die Königstochter, »ich nehme mich gewiss in Acht. Und ich rühre nichts an, was du nicht willst, dass ich es anrühre.«

Doch als sie in den Wald kamen, war er so eng und so dicht verwachsen, dass kaum durchzukommen war. Sie brachte sich so vorsichtig hindurch, wie sie es nur vermochte, wich den Ästen aus, beugte sich zur Seite, schob sie mit den Händen fort – doch jeden Augenblick schlugen ihr Zweige in die Augen, und wie sie es auch anstellte, so geschah es dennoch, dass ihr ein Blatt abriss.

»Auweh, auweh«, sagte der Stier, »was hast du gemacht! Jetzt gilt es einen Kampf auf Leben und Tod, denn dieser Troll hat sechs Köpfe und ist doppelt so stark wie der andere. Doch gib bloß gut auf das Blatt Acht und heb es gut auf.«

Da kam auch schon der Troll angestürzt: »Wer hat meinen Wald angerührt?«, rief er.

»Das ist ebenso mein wie dein Wald«, erwiderte der Stier.

»Darum werden wir uns schlagen!«, schrie der Troll.

»Das ist mir recht«, entgegnete der Stier, stürzte sich auf den Troll, stieß ihm die Augen aus und rannte ihm die Hörner in den Leib, dass ihm das Gedärm herausquoll. Aber der Troll schlug sich gerade so gut und es dauerte drei volle Tage, bis der Stier ihm den Garaus machen konnte. Doch da war er selbst so elend und erledigt, dass er sich nur noch mit Mühe und Not rühren konnte, und so voller Wunden, dass das Blut von ihm heruntertroff. Da sagte er der Königstochter, sie solle das Salbenhorn nehmen, das am Gürtel des Trolls hing, und ihn daraus einsalben. Das tat sie und er erholte sich wieder. Aber es dauerte eine ganze Woche, bis er wieder imstande war, weiterzuziehen.

Endlich machten sie sich wieder auf den Weg. Aber der Stier war noch hinfällig und anfangs ging es nur langsam weiter. Die Königstochter wollte den Stier schonen und sagte, sie sei jung und gut zu Fuß, sie könne gern gehen. Doch das ließ der Stier nicht zu. Sie musste sich ihm wieder auf den Rücken setzen.

So wanderten sie lange Zeit und durch viele Länder und die Königstochter hatte keine Ahnung, wohin es ging. Doch zuletzt gelangten sie zu einem goldenen Wald. Der war so schön, dass das Gold von ihm herabregnete. Und die Bäume und ihre Zweige, die Blumen und Blätter waren reines Gold.

Hier ging es geradeso wie im Kupferwald und im Silberwald. Der Stier sagte der Königstochter, sie dürfe auf keinen Fall etwas anrühren, denn der Wald gehöre einem Troll mit neun Köpfen. Der sei viel größer und stärker als die beiden anderen zusammen und er glaube nicht, dass er gegen ihn bestehen könne.

Nein, versprach sie, sie werde sich ganz gewiss in Acht nehmen und den Wald nicht anrühren, darauf könne er sich verlassen.

Doch als sie den Wald betraten, da war er noch dichter als der silberne Wald. Und je tiefer sie hineinkamen, desto schlimmer wurde es. Der Wald wurde dichter und dichter, enger und enger, und zum Schluss schien es, dass es keinerlei Möglichkeit gab, weiter vorzudringen. Die Königstochter hatte große Angst, etwas abzureißen, sie wand und beugte sich nach allen Seiten. Um den Zweigen auszuweichen, bog sie sie mit den Händen zur Seite – doch immer wieder schlugen sie ihr in die Augen, sodass sie gar nicht schauen konnte, wohin sie griff. Und ehe sie es sich versah, hatte sie einen Goldapfel in der Hand. Sie war so erschrocken, dass sie in Tränen ausbrach und den Apfel fortwerfen wollte. Aber der Stier sagte, das solle sie keinesfalls tun. Sie solle ihn vielmehr wohl verwahren. Ja, er tröstete sie, so gut er konnte. Doch er meinte, es werde einen harten Kampf geben, und er zweifelte, dass es gut gehen könne.

Da kam auch schon der Troll mit den neun Köpfen angestürzt. Der war so grässlich, dass die Königstochter ihn kaum anzuschauen vermochte. »Wer hat meinen Wald angerührt?«, schrie er.

»Der gehört ebenso mir wie dir!«, erwiderte der Stier.

»Darum werden wir uns schlagen!«, schrie der Troll.

»Das ist mir recht«, entgegnete der Stier.

Sie preschten aufeinander los und kämpften. Und es war so grässlich anzuschauen, dass die Königstochter nahe daran war, in Ohnmacht zu fallen. Der Stier stieß dem Troll die Augen aus und er rannte ihm die Hörner in den Leib, dass die Eingeweide herausquollen. Doch der Troll schlug sich ebenso gut, denn jedes Mal, wenn der Stier einen Schädel zerschmettert hatte, bliesen die anderen Häupter ihm wieder Leben ein. Und so währte es eine ganze Woche, bis es ihm gelang, dem Troll den Garaus zu machen. Doch da war der Stier dermaßen elend und zerschunden, dass er sich nicht mehr rühren konnte. Über und über war er voll Wunden. Er brachte es nicht einmal fertig, der Königstochter zu sagen, sie solle das Horn des Trolls nehmen und ihn daraus salben. Doch sie tat es gleichwohl und da kam er wieder zu sich. Aber er kam nicht auf die Beine und brauchte mehr als drei Wochen, bis er wieder imstande war, weiterzuziehen.

Endlich machten sie sich langsam auf den Weg, denn der Stier sagte, dass sie noch ein wenig weiterziehen müssten. Und so zogen sie über viele mächtige Berghänge mit dichten Wäldern. Das währte so eine Weile und dann gelangten sie hinauf ins Fjäll.

»Siehst du etwas?«, fragte der Stier.

»Nein, ich sehe nichts anderes als den Himmel und das wilde Fjäll«, antwortete die Königstochter.

Als sie höher gestiegen waren, wurde das Fjäll flacher, sodass sie weiter um sich blicken konnten.

»Ja, ich sehe ein kleines Schloss, weit, weit in der Ferne«, sagte die Königstochter.

»Das ist aber gar nicht so klein«, entgegnete der Stier.

Endlich gelangten sie zu einem mächtigen Hang mit einer steilen Felswand.

»Siehst du jetzt etwas?«, fragte der Stier.

»Ja, jetzt sehe ich das Schloss ganz nah. Und jetzt ist es viel, viel größer«, antwortete die Königstochter.

»Dorthin sollst du«, erklärte der Stier. »Gleich unter dem Schloss ist ein Schweinestall und da sollst du bleiben. Wenn du hinkommst, findest du dort einen hölzernen Rock, den musst du anziehen. Dann gehst du zum Schloss und sagst, du heißt Kari Holzrock, und bittest um einen Dienst. Doch jetzt nimm dein kleines Messer und schneid mir den Kopf ab. Dann musst du mir das Fell abziehen. Roll es zusammen und leg es unter die Felswand. Und in die Haut musst du das Kupferblatt, das Silberblatt und den Goldapfel legen. Drüben an der Bergwand steht ein Stock. Wenn du etwas von mir willst, so schlag nur mit dem Stock an die Wand.«

Zuerst wollte die Königstochter nicht. Doch der Stier sagte, das sei der einzige Dank, den er wolle für das, was er für sie getan habe. Da konnte sie nicht anders. Ihr tat das Herz weh, aber sie schnitt und schuftete mit dem Messer an dem großen Tier, bis Kopf und Haut herunter waren. Und dann legte sie beides an die Felswand und tat das Kupferblatt und das Silberblatt und den Goldapfel in die Haut.

Als sie das vollbracht hatte, ging sie hinüber zum Schweinestall. Doch den ganzen Weg weinte sie und war ganz außer sich. Dann zog sie den Holzrock an und ging zum Königsgut. Als sie in die Küche trat, bat sie um einen Dienst und sagte, sie heiße Kari Holzrock. Ja, sagte die Köchin, einen Dienst könne sie wohl haben, sie könne bleiben und abwaschen, denn die es bisher besorgt habe, sei kürzlich auf und davon gegangen. »Aber wenn du es hier sattbekommst, verschwindest du bestimmt ebenfalls«, sagte sie.

Nein, das werde sie ganz und gar nicht. Sie war flink und flott beim Abwaschen. Für den Sonntag wurde Besuch erwartet auf dem Königshof. Da bat Kari um Erlaubnis, dem Königssohn das Waschwasser bringen zu dürfen. Aber die anderen lachten sie aus und sagten: »Was willst du dort? Glaubst du, der Prinz will etwas von dir wissen – so, wie du aussiehst?«

Aber sie gab nicht auf. Sie bat weiter darum und schließlich erhielt sie die Erlaubnis.

Als sie die Treppe hinaufstieg, rasselte der Holzrock, sodass der Königssohn herauskam und fragte: »Wer bist du?«

»Ich soll euch bloß das Waschwasser bringen«, antwortete Kari.

»Glaubst du, ich wollte das Waschwasser haben, das du bringst?«, fragte der Königssohn und goss ihr das Wasser über den Kopf.

Da musste sie sich davonmachen. Später jedoch bat sie um Erlaubnis, zur Kirche gehen zu dürfen. Das gewährte man ihr ebenfalls, denn bis zur Kirche war es nicht weit. Doch zuerst ging sie zum Fels und schlug mit dem Stock, der dort lehnte, an die Wand, ganz wie der Stier es gesagt hatte. Gleich kam auch ein Mann heraus und fragte, was sie wolle. Die Königstochter erklärte, dass sie Erlaubnis erhalten habe, zur Kirche zu gehen und die Predigt des Pfarrers zu hören, aber sie habe nichts anzuziehen. Da brachte er ein Kleid, das war so blank wie der Kupferwald. Und Pferd und Sattelzeug erhielt sie auch. Als sie die Kirche betrat, sah sie so schön und ansehnlich aus, dass sich alle fragten, wer sie sei, und kaum einer hörte zu, was der Pfarrer sagte, weil jeder zu ihr hinschaute. Auch dem Königssohn gefiel sie so gut, dass er kein Auge von ihr lassen konnte.

Als sie die Kirche verließ, sprang ihr der Königssohn nach und zog die Kirchentür hinter ihr zu, und da behielt er den einen Handschuh von ihr in der Hand. Als sie fortging und sich aufs Pferd setzte, kam der Königssohn ihr nach und fragte, woher sie komme.

»Ich bin aus dem Waschwasserland«, erklärte Kari. Und als der Königssohn den Handschuh hervorzog und ihn ihr zurückgeben wollte, sagte sie:

»Vor mir Helle und hinter mir Finsternis,
dass der Königssohn nicht erkenne,
wohin ich jetzt reite!«

Der Königssohn hatte noch nie einen solch wunderbaren Handschuh gesehen. Er reiste weit umher und suchte das Land, das die stolze Frau, die ihren Handschuh dagelassen, ihm als ihre Heimat genannt hatte. Aber er fand keinen, der ihm sagen konnte, wo das Waschwasserland lag.

Am nächsten Sonntag sollte jemand zum Königssohn hinaufgehen und ihm das Handtuch bringen.

»Oh«, sagte Kari, »darf ich hinaufgehen damit?«

»Wozu denn das?«, fragten die anderen in der Küche. »Du hast doch gesehen, wie es dir beim letzten Mal ergangen ist!«

Doch Kari ließ nicht ab und bat unentwegt, bis sie die Erlaubnis erhielt. Da lief sie die Treppen hinauf, dass der Holzrock nur so rasselte. Der Königssohn fuhr aus der Tür. Und als er sah, dass es Kari war, riss er das Handtuch an sich und warf es ihr ins Gesicht.

»Pack dich, du abscheulicher Troll!«, rief er. »Glaubst du, ich will ein Handtuch haben, das du mit deinen schwarzen Fingern angefasst hast?«

Darauf begab sich der Königssohn zur Kirche und Kari bat ebenfalls, zur Kirche gehen zu dürfen. Da fragten sie, was sie denn in der Kirche wolle? Sie habe doch nichts anderes auf dem Leib als den Holzrock und der sei schwarz und so hässlich. Aber Kari sagte, der Pfarrer sei ein solch großartiger Prediger, es täte ihr richtig gut, was er da sage. Da wurde es ihr schließlich erlaubt und sie ging zur Felswand und klopfte an. Sofort kam wieder der Mann heraus und gab ihr ein Kleid, das noch viel schöner war als das erste. Es war über und über mit Silber bestickt und schimmerte wie der silberne Wald. Und sie erhielt ein großartiges Pferd mit silberbestickter Decke und silbernes Sattel- und Zaumzeug bekam sie ebenfalls.

Als die Königstochter zur Kirche kam, standen die Leute noch draußen auf dem Kirchplatz. Alle rätselten darüber, wer sie wohl sein mochte, und der Königssohn war auch sogleich bei der Hand, trat herzu und wollte ihr das Pferd zum Absteigen halten. Aber sie sprang aus dem Sattel und erklärte, das sei nicht notwendig. Das Pferd sei so ordentlich abgerichtet, dass es stillhalte, wenn sie es ihm sage, und herkomme, wenn sie es rufe. Da gingen sie zusammen in die Kirche. Aber es gab kaum jemanden, der darauf hörte, was der Pfarrer sagte, die Kirchenbesucher schauten immer nur zu der Fremden hinüber, und der Königssohn ließ sich noch mehr von ihr gefangen nehmen als das vorige Mal. Als die Predigt zu Ende war und sie aus der Kirche trat und sich aufs Pferd setzen wollte, kam der Königssohn abermals und fragte, woher sie sei.

»Ich bin vom Handtuchland«, erklärte die Königstochter und ließ dabei die Reitpeitsche fallen. Als der Königssohn sich bückte, um sie aufzuheben, sprach die Königstochter:

»Vor mir Helle und hinter mir Finsternis,
dass der Königssohn nicht erkenne,
wohin ich jetzt reite!«

Weg war sie, und der Königssohn konnte nicht begreifen, wo sie geblieben war. Weit und breit zog er umher und fragte nach dem Land, das sie ihm als ihre Heimat genannt hatte. Aber er fand keinen, der ihm sagen konnte, wo dieses Land lag. Und abermals musste sich der Königssohn damit abfinden.

Am folgenden Sonntag sollte jemand hinauf zum Königssohn mit einem Kamm. Kari bat, den Kamm bringen zu dürfen, aber die anderen erinnerten sie, wie es ihr das letzte Mal ergangen sei, und schalten sie, sich nicht vor dem Königssohn sehen zu lassen, so schwarz und hässlich wie sie in ihrem Holzrock sei. Doch sie hörte nicht auf zu bitten, bis man sie mit dem Kamm hinauf zum Königssohn gehen ließ. Als sie wieder die Treppe hinaufrasselte, riss der Königssohn die Tür auf, nahm den Kamm, warf ihn ihr an den Kopf und schrie, sie solle machen, dass sie fortkomme.

Dann begab er sich zur Kirche und Kari bat ebenfalls um Erlaubnis. Sie wurde gefragt, was sie dort wolle, so hässlich und schwarz, wie sie sei. Und sie habe nicht einmal etwas Gescheites anzuziehen, dass sie sich vor den Leuten zeigen könne. Da könne es leicht geschehen, dass sie dem Königssohn oder sonst jemandem unter die Augen geriete, und das könne sowohl ihr als auch ihnen zum Unglück ausschlagen. Aber Kari sagte, die Leute hätten genug anderes anzuschauen. Sie hörte nicht auf zu bitten, bis man sie schließlich gehen ließ.

Nun lief es ebenso wie die beiden anderen Male. Kari ging zur Felswand, klopfte mit dem Stock, der Mann kam heraus und gab ihr ein Kleid, das war noch um vieles schöner als die ersten beiden. Es war beinahe aus nichts anderem als purem Gold und Edelsteinen. Und ein Pferd gab er ihr auch, mit goldbestickter Decke und einem goldenen Zaum.

Als die Königstochter zur Kirche kam, standen der Pfarrer und die Gemeinde noch auf dem Kirchplatz und warteten auf sie. Der Königssohn kam angelaufen und wollte ihr das Pferd halten – aber sie sprang aus dem Sattel und sagte: »Nein, danke, das braucht es nicht, mein Pferd ist so gut abgerichtet, dass es stillhält, wenn ich es sage.«

Da drängten sie allesamt in die Kirche, und der Pfarrer stieg auf die Kanzel. Aber keiner hörte zu, was er sagte, denn sie schauten immer die Königstochter an und rätselten, woher sie stammen mochte. Und der Königssohn war noch verliebter als die beiden letzten Male. Er nahm nichts um sich wahr und schaute nur noch sie an.

Als die Predigt zu Ende war und die Königstochter die Kirche verlassen wollte, hatte der Königssohn eine Vierteltonne Rohteer im Vorraum ausgegossen, um ihr darüberhelfen zu können. Doch sie kümmerte sich nicht darum, setzte den Fuß mitten in den Teer und sprang darüber. Da blieb der eine goldene Schuh hängen. Und als sie sich aufs Pferd gesetzt hatte, stürzte der Königssohn aus der Kirche und fragte, woher sie sei.

»Vom Kammland«, erwiderte Kari.

Und als ihr der Königssohn den goldenen Schuh reichen wollte, sprach sie:

»Vor mir Helle und hinter mir Finsternis,
dass der Königssohn nicht erkenne,
wohin ich jetzt reite!«

Auch diesmal konnte der Königssohn sich nicht erklären, wo sie geblieben war. Er zog kreuz und quer durch die Welt und fragte nach dem Kammland. Doch da ihm keiner sagen konnte, wo das Kammland war, ließ er bekannt geben, dass er diejenige heiraten werde, welcher der goldene Schuh passe. Da kamen Schöne und Abscheuliche von überallher angelaufen. Aber es war keine mit einem solch kleinen Fuß dabei, dass er in den goldenen Schuh gepasst hätte. Endlich kam auch Karis Stiefmutter mit ihrer Tochter und der passte der Schuh. Doch so abstoßend war sie und so leidig sah sie aus, dass es den Königssohn große Überwindung kostete, sein Versprechen einzulösen. Gleichwohl, es wurde zur Hochzeit gerüstet und sie wurde als Braut herausgeputzt. Doch als sie zur Kirche ritten, saß da ein kleiner Vogel in einem Baum und sang:

»Ein Stück von der Ferse und ein Stück vom Zeh,
in Kari Holzrocks Schuh steht das Blut.«

Und als man nachschaute, hatte der Vogel die Wahrheit gesagt. Aus dem Schuh rieselte das Blut. Da mussten alle Mägde und alle Frauen, die auf dem Schloss waren, herbei und den Schuh anprobieren. Aber es war keine darunter, welcher der Schuh gepasst hätte.

»Aber wo ist Kari Holzrock?«, fragte der Königssohn, nachdem es alle anderen versucht hatten. Der Königssohn hatte das Vogellied nämlich verstanden und erinnerte sich gut, was der Vogel gesagt hatte.

»Ach die!«, sagten die anderen. »Das nutzt keinem was, wenn die hervorgeholt wird, denn die hat Füße wie ein Pferd.«

»Mag sein«, antwortete der Königssohn. »Doch wenn es alle versucht haben, so soll auch sie den Schuh anziehen.«

»Kari!«, rief er durch die Tür, und Kari kam die Treppe herauf. Und der Holzrock rasselte, als zöge ein ganzes Regiment Dragoner auf.

»Jetzt musst auch du den Goldschuh anprobieren«, sagten die anderen Mägde, »und dann wirst du Prinzessin!« Und sie machten sich lustig über sie.

Kari nahm den Schuh und setzte ohne jeden Umstand den Fuß hinein. Dann warf sie den Holzrock von sich und stand in ihrem goldenen Kleid vor ihnen und am anderen Fuß saß der gleiche Goldschuh. Der Königssohn erkannte sie auf der Stelle und das machte ihn so froh, dass er sie in den Arm nahm und küsste. Und als er hörte, dass sie eine Königstochter war, freute er sich noch mehr. Dann hielten sie Hochzeit und lebten lange und zufrieden miteinander.

Schnipp, Schnapp, Schnauß und das Märchen ist aus.

ANHANG

Nachwort

Seit jeher üben Märchen eine besondere Faszination aus. Was ist das Besondere dieser alten Geschichten, dass sie auch heute noch populär sind? Der Stoff, aus dem Märchen gemacht sind, ist das Leben mit all seinen Widersprüchen und Konflikten. Davon bilden Märchen einen bestimmten Ausschnitt ab. Im Mittelpunkt eines Märchens steht meist ein heranwachsender junger Mensch. Als Tochter oder Sohn ist die Hauptfigur durch die Eingangsszene gekennzeichnet. Ein Märchen beginnt gewöhnlich in einer häuslichen Umgebung, etwa einem Bauernhof oder einem Schloss. Die dargestellten Figuren sind die einer Kernfamilie: Mutter, Vater, ein oder mehrere Töchter oder Söhne. Wenn Geschwister vorkommen, ist die oder der Jüngste Protagonist der Erzählung.

Im weiteren Handlungsverlauf des Märchens wird dann geschildert, wie die jugendliche Märchenheldin oder der Held sich aus der Familie ablöst, in einer existenziellen Auseinandersetzung zu sich selbst findet und schließlich eine Partnerschaft eingeht. Viele der Märchen, die wir heute kennen, enden mit der Hochzeit. Ein Märchen kann aber noch einen zweiten Teil haben, in dem überdies erzählt wird, wie die Partnerbeziehung zu zerbrechen droht und von einem der Partner noch einmal ein entschlossenes Sich-Einsetzen für die Beziehung erfordert. Zentrales Thema des europäischen Märchens ist somit die Ablösungs- und Autonomieentwicklung der Adoleszenz.

Dann gibt es noch die eigentlichen Kindermärchen,

wie in diesem Buch »Die falsche Großmutter« und »Die Geschichte von sieben Mädchen und einer Menschenfresserin«, bei denen der Erzähler ein kindliches Publikum vor Augen hatte, und deren Ausgang nicht auf eine Hochzeit hinausläuft. Sie handeln vielmehr davon, wie das Kind oder die Kinder nach einer erfolgreich bestandenen Auseinandersetzung mit einer Schreckgestalt wieder sicher in einer häuslichen Umgebung aufgehoben sind. Dies entspricht der Lebensrealität von kleineren Kindern.

Märchen sind für Kinder kulturelle Leitbilder für ihre Entwicklung, Zielvorstellungen hin zu einer eigenen erwachsenen Identität und Partnerschaft. Für Erwachsene bieten Märchen eine Projektionsfläche, um im Miterleben noch nicht ganz erfolgte Ablösungskonflikte imaginativ durchzuspielen und unbewusst zu verarbeiten. Gleichzeitig spiegeln sich in Märchen auch allgemeinere Aspekte des menschlichen Miteinanders, der Religionen sowie Wertvorstellungen und Normen der jeweiligen Kultur und historische und gesellschaftliche Verhältnisse.

Die Märchen des vorliegenden Buches stammen aus unterschiedlichen Volksüberlieferungen und Ländern. Man wird vertraute Märchen in anderem Gewand wiederfinden, wie etwa »Aschenputtel« in der Erzählung »Kari Holzrock«. Ebenso sind neue, vielleicht manchmal fremdartig anmutende Märchen aus anderen Kulturen zu entdecken. So wird sich Vertrautes mit Fremdem vermischen und man stößt in Geschichten anderer Völker auf altbekannte Muster.

Alle Märchen erzählen von einem weiblichen Entwicklungsweg. Sie bieten kraftvolle junge Frauen und Mädchen als Identifikationsfiguren an und führen uns die Konflikte ihrer Autonomieentwicklung in vielseitigen Szenarien vor Augen. Richtet man einmal die Aufmerksamkeit ausschließlich auf Märchen, die von Töchtern handeln, wird man eintauchen in eine spezifisch weibliche Welt, wie sie im Märchen gespiegelt ist. Diese Welt entspricht in ihren Erzählstoffen und Bildern nicht unbedingt unserem heutigen Alltag; was jedoch die dargestellten Themen der weiblichen Identitätsfindung betrifft, können wir uns auch heute noch darin wiederfinden.

Da Märchen ursprünglich mündlich erzählt wurden, sind bei der Auswahl sowohl Stücke aus literarisierten Sammlungen wie auch Niederschriften von Geschichten mündlicher Erzähler berücksichtigt worden. Zur mündlichen Erzählweise gehören auch die Einleitungs- und Schlussformeln. Soweit sie überliefert wurden, bilden sie den Rahmen des eigentlichen Märchens. Eine solche Eingangsformel versetzt die Geschichte in eine imaginäre, vergangene Zeit. »Es war einmal oder es war es auch nicht …« gibt den Zuhörern zu erkennen, dass jetzt die Grenze zur Alltagserzählung überschritten wird und man sich ganz dem Märchen und den eigenen inneren Bildern überlassen kann. Entsprechend markiert ein mündlicher Erzähler auch am Schluss den Übergang vom Märchen zurück in die Realität.

Märchen erzählen in einer Bildersprache, einer Symbolsprache. Zum Wesen von Symbolen gehört ihre Vielschichtigkeit. Sie sind nicht eins zu eins übersetzbar in Sprache und lassen manches offen. Entsprechend sind Märchen keine eindeutig verschlüsselten Texte, die zurückübersetzt werden könnten, aber sie folgen einer Dramaturgie, der wir gerne bereit sind zu folgen, und der klare Erzählstil des Märchens lädt uns zum Miterleben ein.

Wie kann man sich diesen Miterlebensvorgang vorstellen? Wenn wir uns in ein Märchen vertiefen, sehen wir Bilder einzelner Szenen innerlich vorüberziehen. Diese Bilder sind Produkte unserer eigenen Vorstellungskraft und geprägt von der individuellen Geschichte. Alles, was wir auf der inneren Bühne vor uns sehen, ist somit geformt aus unseren spezifischen Gedächtnisinhalten und symbolisiert auch eigenes psychisches Geschehen. Unser bildhaftes Gedächtnis füllt die »Vorlagen«, die das Sprachbild eines Märchenmotivs gibt, mit Eigenem auf. Jedes innere Vorstellungsbild über ein Märchenmotiv fügt sich so zusammen aus dem persönlichen Bildgedächtnis und den Impulsen, die vom Märchen selbst ausgehen. Das Miterleben der Märchenhandlung wird auf diese Weise zu einem geistigen Spiel, in dem wir uns kraft unserer Fantasie in Mithandelnde verwandeln.

Ein Zweites kommt hinzu: Märchen arbeiten mit der Darstellung von Extremen und der Polarisierung der Figuren in Gute und Böse. Das erzeugt Spannung und kann beispielsweise auch Angst auslösen. Diese Gefühle öffnen wiederum Verbindungen zu Gedächtnisinhalten und eigenen Erlebnissen, die mit ähnlichen Gefühlszuständen verbunden waren. Wenn wir etwa lesen, wie eine Mutter ihre Tochter mit ihrem Hass verfolgt, assoziieren wir eigene, mit Angst besetzte Erfahrungen, die in unser Vorstellungsbild und seine Bedeutung für uns einfließen.

Heißt unsere Identifikationsgestalt Wassilissa, wie in dem Märchen »Wassilissa die Wunderschöne«, nehmen wir teil, wie sie von der Stiefmutter in den Wald geschickt wird, um dort von der menschenfressenden Baba Jaga vernichtet zu werden. Das Mädchen hält jedoch der Auseinandersetzung mit der Dämonin stand und gewinnt später die Liebe des Zaren. Da ein Märchen meist gut ausgeht, erleben wir mit Wassilissa auf einer symbolischen Ebene, dass auch unsere Probleme potenziell lösbar sind. Das stärkt das Vertrauen in die eigenen Entwicklungskräfte und gibt Impulse für eine Konfliktverarbeitung.

Normalerweise nehmen wir nicht bewusst wahr, wie wir uns in ein Märchen einbringen. Wir realisieren höchstens, dass ein Märchenbild uns beschäftigt und nicht mehr aus dem Kopf gehen will. Bei Kindern kann man eher nachvollziehen, wie sie Märchen unbewusst miterleben. Liest man einem Kind ein Märchen vor, verlangt es häufig danach, dieselbe Geschichte immer und immer wieder zu hören, bis das eigene Thema, das für das Kind in der Geschichte mitschwingt, verarbeitet ist. Dann erst kann ein neues Märchen wichtig werden.

Nun wird natürlich jeder ein Märchen anders wahrnehmen, jede Märchenrezeption ist subjektiv. Es wird nicht zwei Menschen geben, die ein und dasselbe Märchen – oder auch nur dasselbe Motiv – gleich erleben und ihm die gleiche Bedeutung zumessen. Der Frage, was ein Märchen oder ein Märchenmotiv bedeuten mag, wohnt eine gewisse Widersprüchlichkeit inne. Einerseits ist sie für den einzelnen Leser nur individuell zu beantworten. Andererseits ist die Wirkung aber auch nicht beliebig, da jedes Märchen in immer neuen Bildern Variationen desselben Themas zum Gegenstand hat, nämlich die Autonomieentwicklung der Adoleszenz. Es besteht also eine gewisse Wahrscheinlichkeit, dass entsprechende Erlebnisse in uns durch ein Märchen zum Klingen gebracht werden.

Die Erfahrungen in Therapien und Märchenseminaren zeigen, dass Märchen in solch einem Selbsterfahrungszusammenhang meist verknüpft werden mit Ablösungs- und Selbstfindungsthemen. Bei Kindern geht es um aktuelle Entwicklungsaufgaben, die noch zu bewältigen sind, bei Erwachsenen um Bearbeitung von unerledigten Autonomiekonflikten.

Im Alltag werden wir wohl kaum bemerken, welche eigenen inneren Themen in einem Märchen mitschwingen. So können wir uns ganz der Erzähldramaturgie des Märchens anvertrauen und uns – ähnlich wie von Musik – unbewusst bewegen und zu einem guten Ausgang mittragen lassen.

Töchtermärchen – Söhnemärchen

Märchen mit einer weiblichen oder einer männlichen Hauptfigur verbindet dieselbe Erzählstruktur und ein spezifischer Erzählstil. Die Bilder jedoch, in denen die jeweilige Geschichte erzählt wird, sind geschlechtsspezifisch und spiegeln traditionelle Rollenvorstellungen. Eine weibliche Märchenheldin stellt ihr Erwachsenwerden dadurch unter Beweis, dass sie herkömmliche weibliche Arbeiten beherrscht. Sie ist fähig, einen Haushalt zu führen, kann spinnen, weben und nähen und ein Kind versorgen. Ein junger Mann hingegen muss sich gewöhnlich in der Welt draußen bewähren. Ähnlich ist bei beiden Geschlechtern, dass sie fallweise ein gerüttelt Maß an Klugheit und List einsetzen können.

Grundsätzlich spiegelt das Märchen ein patriarchalisches Weltbild. Was jedoch die Konsequenz der Ablösungsdynamik betrifft, unterscheiden sich die Darstellungen weiblicher und männlicher Helden nicht wesentlich. Töchter müssen die Entwicklung vom Kind zur Erwachsenen genauso aktiv und kompromisslos bestehen wie

Söhne. Auch das sprichwörtliche Aschenputtel wartet nicht darauf, dass ein Prinz sie von zu Hause herausholt, sondern nimmt ihre Angelegenheiten selbst in die Hand.

Die meisten Menschen hierzulande dürften die Kinder- und Hausmärchen der Brüder Jacob und Wilhelm Grimm kennen, und so hat die Grimm'sche Sammlung die allgemeinen Ansichten von Märchen geprägt. Was die Darstellung von Mädchen und Frauen in den Grimm'schen Märchen betrifft, werden diese meist schwächer, hilfsbedürftiger und unbeholfener gezeichnet als männliche Figuren. Dies ist jedoch nicht typisch für das Märchen im Allgemeinen. Die Frauenfiguren der Brüder Grimm repräsentieren den Zeitgeist der Romantik und das bürgerlich-biedermeierliche Ideal von Weiblichkeit.

Wie der Name der berühmten Sammlung schon sagt, hatten die Brüder Grimm als Adressaten ihrer Geschichten Kinder vor Augen. Daher rührt auch ein Erzählton, den heute manche als kindertümelnd empfinden und in dem bisweilen pädagogische und moralisierende Absichten deutlich werden.

Die Erzähltöne der Märchen dieser Sammlung aus verschiedenen Ländern sind recht vielgestaltig. Ein Berbermärchen ist knapp und hart erzählt und nimmt uns mit in eine archaisch anmutende Welt, ein bosnisches Märchen erscheint breit und ausschmückend, der Erzählton eines italienischen oder portugiesischen Märchens vermittelt eine gewisse südländische Leichtigkeit. Und nicht nur die jeweilige Erzählerin oder der Erzähler eines Märchens, sondern ebenso die Sammler, Übersetzer und Herausgeber haben das Ihre zur Sprache der einzelnen Geschichte beigetragen.

Bevor wir zu den Besonderheiten der Tochter-Mutter-Märchen kommen, kurz noch etwas zur gängigen Erzählweise. Wie im wirklichen Leben, so gibt es auch im Märchen vier Gruppen von Ablösungskonflikten: Tochter-Mutter, Tochter-Vater, Sohn-Mutter und Sohn-Vater. Wenn am Anfang des Märchens zwei Elternfiguren auftauchen, tritt eine deutlich in den Hintergrund und der Ablösungskonflikt wird von der Erzähldramaturgie her auf nur einer Linie erzählt. Die Haupthandlung des Märchens spielt sich dann ab in einem Handlungsdreieck zwischen Hauptfigur, Gegenspieler und Helfer. Der Gegenspieler muss überwunden werden, wobei dem Protagonisten ein Helfer zur Seite steht. Es können auch mehrere Widersacher oder Helfer auftreten.

Töchter und Mütter im Märchen

Im Tochtermärchen ist die Heldin meist innerfamiliären Bedrohungen ausgesetzt. Die Gegenspielerin ist dann gewöhnlich die Mutter bzw. die Stiefmutter. Die negative Mutterfigur bringt unserer Heldin Eifersucht, Neid und Hass entgegen, oft trachtet sie ihr offen nach dem Leben. Insgesamt sind die Beziehungen zwischen Töchtern und Müttern im Märchen deutlich häufiger negativ gezeichnet als positiv. Im Vergleich dazu sind im Sohn-Mutter-Märchen mehr wohlwollende Beziehungen dargestellt, in denen eine Mutter ihrem Sohn hilfreich zur Seite steht.

Die Tochter-Mutter-Märchen sind von allen Märchen diejenigen, die in Bezug auf die Ablösungsdynamik am härtesten erzählt sind. Hier treffen wir oft schon in der Eingangsszenerie auf eine Mutterfigur, die der Tochter gegenüber feindselig eingestellt ist oder sie gar vernichten will. Solch eine Ausgangssituation findet sich im Sohn-Mutter-Märchen selten.

Möglicherweise bildet das Märchen hier spezielle Eigenheiten der Tochter-Mutter-Beziehung ab, die auch heutiger Wirklichkeit entsprechen. Aufgrund der Gleichgeschlechtlichkeit ist die Verbindung einer Tochter mit ihrer Mutter tiefer und körperlicher verankert und oft konfliktbeladener als eine Sohn-Mutter-Beziehung. Desgleichen enthält sie ein höheres Aggressionspotenzial sowohl vonseiten der Tochter als auch seitens der Mutter. Die Autonomieentwicklung der Tochter vollzieht sich von daher in einem Ausbalancieren der Anerkennung gleichgeschlechtlicher Ähnlichkeit mit der Mutter und der Differenzierung von ihr. Vom Erleben einer Heranwachsenden aus betrachtet, bringt die Autonomieentwicklung auch Ängste mit sich. Auf die Mutterablösung im Märchen bezogen, könnte die häufige Darstellung feindseliger Mütter auch als Projektion dieser Ängste verstanden werden.

In dieser Sammlung erleben wir recht drastisch dargestellte Tochter-Mutter-Konflikte, insbesondere in den Märchen »Die Stiefkinder« und »Weiß Karlientje und Schwarz Karlientje«. In Ersterem verfolgt eine Stiefmutter gnadenlos die Stieftochter und auch den Stiefsohn, am Ende aber bleibt ihre eigene, bevorzugte Tochter auf der Strecke. In der flämischen Erzählung von den Schwestern, die beide Karlientje heißen, will die Mutterfigur eine der Töchter ums Leben bringen, die Schwester vereitelt diesen Plan jedoch.

Manche Märchen erzählen von einem Konflikt der Tochter mit der leiblichen Mutter, andere setzen an ihre

Stelle eine Stiefmutter. Beide Spielarten dürften bei uns die eigene Mutterbeziehung lebendig werden lassen. Vielleicht fällt es manchen Menschen leichter, dies mit einer Märchenstiefmutter zu erleben, da so die eigene, gute Mutterbeziehung innerlich geschützt werden kann.

Gar nicht so selten wurde eine Märchenmutter von Erzählern oder Herausgebern zu einer Stiefmutter umgearbeitet. In der Erstausgabe der Grimm'schen Sammlung war beispielsweise bei »Schneewittchen« und »Hänsel und Gretel« noch von der wirklichen Mutter die Rede. In späteren Ausgaben wurde sie dann durch eine Stiefmutter ersetzt. Diese Abänderung der Mutterfigur dürfte nicht nur dem Ideal von Weiblichkeit und Mütterlichkeit vergangener Jahrhunderte und einer Verklärung der Mutterrolle entsprechen. Dahinter verbirgt sich wohl ebenso ein gesellschaftlicher Prozess der Abspaltung mütterlicher Aggressionen aus dem Gesamtgefüge mütterlicher »erlaubter« Gefühle, der bis heute andauert.

Wenn im Tochter-Mutter-Märchen einmal eine positive Mutterfigur auftaucht, ist es gewöhnlich die verstorbene, gute Mutter in symbolisierter Form. Der guten, toten Mutter wird dann die böse Stiefmutter gegenübergestellt, deren Negativität die Märchenheldin nunmehr ausgesetzt ist und der sie entkommen muss.

Könnte diese Aufspaltung der Mutterfigur für uns erfahrbar machen, dass uns ungeahnte Kräfte zufließen, wenn es uns gelänge, die gute Mutterbeziehung in uns zu beleben und lebendig zu halten?

Solch positiv weiterwirkenden, verstorbenen Mutterfiguren begegnen wir in diesem Buch in drei Märchen. In »Wassilissa die Wunderschöne« hinterlässt die Mutter ihrer Tochter eine magische Puppe als Helferin. Im Märchen »Die Stiefkinder« nährt eine ermordete Mutter ihre Tochter und ihren Sohn noch eine Zeit lang in ihrer Verwandlungsform als Kuh und gibt Rat. Und in dem Tochter-Vater-Märchen »Daphne« verwandelt die verstorbene Mutter die Tochter in einen Baum, um sie zu schützen.

Tochter-Vater-Märchen

Märchen, die von einer Tochter-Vater-Ablösung erzählen, stellen, wie zu erwarten, die Autonomiekonflikte in anderen Bildern dar. Hier werden oftmals Themen um die sexuelle Reife und die Partnerfindung der Tochter durchgespielt. Entsprechend enthalten die Motive häufig eine mehr oder weniger deutliche sexuelle Symbolik. Auch im wirklichen Leben gehört es zu den Entwicklungsaufgaben der Adoleszenz, dass eine heranwachsende Tochter ihre weibliche sexuelle Identität findet. Dazu muss sie sich auch aus der gegengeschlechtlichen Bindung an den Vater lösen und einem selbst gewählten Partner zuwenden.

Die Tochter-Vater-Ablösung wird in der Ausgangsszenerie vielfach eingeleitet durch einen Vater, der über die erwachsen werdende Tochter in unterschiedlicher Weise bestimmt. Die Tochter ist dann gehalten, ihre Autonomie dadurch zu erlangen, dass sie sich dem Diktat des Vaters entzieht und über sich und ihre Sexualität selbst entscheidet.

Verhältnismäßig harmlos ist dies im Märchen »Soen Vroen Vrimpentoen« dargestellt. Dort führt Drud ihrem Vater den Haushalt und versorgt ihn, bis sie eines Tages durch einen zauberischen Topf aus dem Haus des Vaters gelockt und zu ihrem künftigen Mann geführt wird. In dem Novellenmärchen »Das Mädchen im Kasten« läuft das Mädchen davon, weil ihr Vater sie mit einem Mann verheiraten will, den sie nicht liebt, und reist zu ihrem Geliebten. Recht drastisch wird in »Deusmi« erzählt, wie ein Vater seine Töchter an einen Dämon verkauft. Als phantasmatische Mitspieler dieses Psychodramas können wir dann erleben, wie die Jüngste sich mutig der Bedrohung durch den Unhold entgegenstellt, sich und ihre Schwestern rettet und eine Partnerschaft eingeht.

Die am stärksten extremisierte Eingangsszenerie beim Tochter-Vater-Märchen ist wohl dann gegeben, wenn der Vater die Tochter als Frau begehrt. Die Gefährdung, sich nicht aus der Vaterbindung lösen zu können, ist dann als sexuelle Bedrohung dargestellt. So flieht Daphne in dem gleichnamigen Märchen aus dem Vaterhaus, weil der Vater sie als Frau haben will, und wählt sich andernorts ihren Mann.

Märchen bilden hier Aspekte sozialer Realität ab und können ebenso Projektionen der inneren Ängste einer pubertierenden Tochter darstellen. Auch hierzulande wurden Mädchen und Frauen von Männern und Vätern bis vor gar nicht langer Zeit mehr oder weniger als Eigentum angesehen, über das verfügt werden konnte. Es verwundert nicht, wenn dieses Verhältnis zwischen den Geschlechtern auch im Märchen reflektiert wird. Und unter dem Gesichtspunkt unseres Miterlebens der Märchen, kann der drohende Inzest sowohl die Gefahr des Verhaftetbleibens mit dem Vater aktualisieren als auch reale Gefährdungen durch ihn.

Sehr selten wird im Märchen von einem Stiefvater erzählt. Die negativen Anteile einer Vaterbeziehung scheinen gesellschaftlich nicht abgeschwächt oder verleugnet werden zu müssen, wie dies bei den Märchenmüttern der Fall ist.

Väter können im Märchen auch schwach und dem Willen ihrer Ehefrau unterworfen auftreten. In »Die Geschichte von sieben Mädchen und einer Menschenfresserin« ist die Stiefmutter die treibende Kraft, die vom Vater verlangt, seine Töchter zu töten. Er will dies auch ausführen, aber natürlich ist die Jüngste schlauer als er und die Mädchen entkommen. Und schließlich kann ein Märchenvater auch eine positive Unterstützung bei der Ablösung der Tochter sein, wie die Heldin in »Die Feder von Finist dem lichten Falken« das erfährt.

Schwestern im Märchen

Wenn im Märchen Schwestern vorkommen, gibt es hauptsächlich zwei Spielarten: das Zwei-Schwestern-Märchen und Erzählungen von drei Schwestern. Sind die Schwestern als Stiefgeschwister dargestellt, gilt Ähnliches wie bei den Mutterfiguren.

Wird von zwei Schwestern erzählt, sind sie meist einander entgegengesetzt. Die eine, unsere Identifikationsgestalt, ist liebenswürdig, klug und schön, die Schwester hingegen boshaft, dumm und hässlich gezeichnet. Die Mutter ist den beiden Töchtern gegenüber unterschiedlich eingestellt. Das als liebenswürdig geschilderte Mädchen wird von der Mutter schlecht behandelt, das boshafte hingegen ist ihr Liebling. Für die positive Tochterfigur geht die Geschichte jedoch gut aus, sie findet ihren Weg ins Leben und lässt Schwester und Mutter zurück. Im Märchen »Von den zwölf Monaten« führen die feindseligen Mutter- und Schwestergestalten zudem ihren eigenen Untergang herbei.

Am häufigsten sind Märchen mit drei Schwestern. Die Jüngste ist dann Hauptfigur und die beiden anderen sind neidisch auf sie und wollen ihr Böses. Die beiden gegnerischen Schwestern sind oft ähnlich gezeichnet wie die böse Muttergestalt und stecken mit ihr unter einer Decke. Sie haben dann in Bezug auf die Jüngste, mit der wir die Geschichte erleben, die Funktion von Gegenspielerinnen an der Seite der Mutter. In den vorliegenden Märchen treffen wir auf dieses Drei-Schwestern-Konfliktmuster in den Erzählungen »Wassilissa die Wunderschöne«, »Die Feder von Finist dem lichten Falken« und »Kari Holzrock«. In dem Märchen »Deusmi« sind die Schwestern der Jüngsten gegenüber nicht feindselig. Aber auch hier ist es die Dritte, die den Dämon bezwingt und die Schwestern befreit.

Diese Polarisierung von Schwestern im Märchen, wobei eine oder zwei als Verbündete der negativen Mutterfigur bis hin zu deren Spiegelbild dargestellt werden, gibt es vorwiegend auf der Tochter-Mutter-Linie. Der Erzählweise des Märchens gemäß, fungieren die Schwester oder die Schwestern als Kontrastgestalten zur Hauptfigur, die deren Entwicklungsweg durch ihr Verhaftetbleiben mit der schädlichen Mutterseite umso deutlicher hervortreten lassen. Betrachten wir diese Gruppe Märchen unter dem Aspekt des Ablösungsprozesses, können wir mit der Heldin die konstruktive Ablösungsdynamik erleben, während in ihrem Alter Ego – der Tochter, die der Mutter gleicht – das andere Extrem dargestellt ist, nämlich die Unfähigkeit, sich zu trennen und das Verschmolzenbleiben mit den negativen Aspekten der Mutter.

Gleichzeitig können Märchen mit feindseligen Schwestern in uns auch das Thema Schwesternrivalität anrühren. Im Zuge der weiblichen Identitätsentwicklung kann die Beziehung zur Schwester eine wesentliche Rolle spielen, und auch hier muss Autonomie gewonnen werden.

Schließlich gibt es noch eine sehr kleine Gruppe von Märchen, die von zwei Schwestern erzählen, die einander wohlgesonnen sind. Zwei Märchen dieses Typs sind »Zottelhaube« und »Weiß Karlientje und Schwarz Karlientje«. Als Gegenspielerin fungiert hier die Mutterfigur, die eine der beiden Töchter ablehnt oder gar töten will. Die Schwester verhindert dies jedoch und am Ende gelingt beiden die Abnabelung. Der doppelfigurige Aufbau dieser Märchen gibt uns die Möglichkeit, sie gleichzeitig aus zwei Perspektiven mitzuerleben: Zum einen können wir die Schwestern als zwei Seiten ein und derselben Person sehen, die sich gegenseitig ergänzen. Zum anderen kann die zugewandte, beschützende Schwesternbeziehung in den Vordergrund treten.

Schwester-Bruder-Märchen

Meist sind die Geschwister im Schwester-Bruder-Märchen einander förderlich. So erlöst etwa eine Schwester ihre in Tiere verwünschten Brüder oder ein Bruder befreit die Schwester aus der Gefangenschaft eines Unholds. Geht es um das Verhältnis von erwachsenen Geschwistern, kann auch eine inzestuöse Verbindung geschildert werden oder die Schwesterfigur trachtet dem Bruder nach dem Leben.

Werden uns im Märchen kindliche Geschwister vorgestellt, sind sie gewöhnlich Verbündete und helfen einander. Solch positiven Geschwisterverbindungen begegnen wir in »Ein Märchen von Bruder und Schwester«, »Die Geschichte von sieben Mädchen und einer Menschenfresserin« und in der Erzählung »Die Stiefkinder«. Ein Märchen mit verbündeten Geschwistern lädt uns ein, das phantasmatische Verarbeitungsspiel einer Elternablösung gemeinsam mit einem schwesterlichen oder brüderlichen Gleichaltrigen zu bestehen.

Im kindlichen Bruder-Schwester-Märchen sind zudem die Mädchen meist aktiver und fürsorglicher dargestellt als ihre Brüder. Auch im wirklichen Leben werden Mädchen vielfach auf eine anderen Menschen zugewandte, helfende Frauenrolle hin erzogen. Als Spiegel der Gesellschaft könnte so im Märchen die ihren Bruder unterstützende Schwester einer positiv gezeichneten Sohn-Mutter-Beziehung entsprechen.

Gudrun Lehmann-Scherf

Dank

Mein herzlicher Dank gilt allen Freunden und Bekannten, die mich während des Zustandekommens dieser Anthologie unterstützt haben. Gewidmet ist das Buch meinem Mann Walter Scherf. Seine Inspirationen – nicht nur, was Märchen betrifft – haben mich in vielfältiger Weise beflügelt. Unser beider Lieblingsmärchen bilden den Grundstock dieser Sammlung.

Glossar

Agelith	Oberhaupt einer Sippe/eines Dorfes
Baba Jaga	zweigesichtige, weibliche Figur der slawischen Volks-überlieferung, die sowohl gut als auch böse sein kann
Balg	Haut, hier: Körper
Blutsäufer	fabelhafte, gefährliche Wesen
Bojare	adliger Großgrundbesitzer
Brunnenluasch	Ungeheuer
Brustbeeren	Beerenart
bulken	brüllen/schreien
Burnus	Kapuzenmantel nordafrikanischer Einwohner
Fasult (Antimon)	schwarze Augenschminke
Fibeln	metallene Gewandnadeln
Fez	arabisch-türkische Kopfbedeckung
Fjäll	weitläufige Hochfläche, Gebirgstyp in Skandinavien
Frulleke	Fräulein
kobolzen	Purzelbäume schlagen
Kraxe	Rückentrage/Rucksack
Kumm	Schale
Kwass	kohlensäurehaltiges, russisches Erfrischungsgetränk
Mörser	dickwandiges, becherartiges Gefäß zum zerstoßen von Pflanzen mittels eines Stößels
Nusshäher	Rabenvogel, der gern Nüsse frisst
Spinnrocken	Spinngerät, an dem unversponnene Fasern befestigt sind
Zarewna	Zarentochter

Quellenverzeichnis

Wassilissa die Wunderschöne (AaTh/ATU 334)
In: Afanaßjew, A.N. Russische Volksmärchen. Hrsg. und übersetzt von
Anna Meyer. C.W. Stern, Wien 1906
Zottelhaube (AaTh/ATU 711)
In: Stroebe, Klara. Nordische Volksmärchen. Band 2: Norwegen. Eugen
Diederichs, Jena 1922
Soen Vroen Vrimpentoen (AaTh/ATU 545 + AaTh/ATU 500)
In: Holbek, Bengt. Dänische Volksmärchen. © Akademie-Verlag,
Berlin 1990
Die Bärenprinzessin (AaTh/ATU 425C + AaTh 465A, ATU 465 +
AaTh/ATU 402)
In: Preindlsberger-Mrazovic, Milena. Bosnische Volksmärchen.
A. Edlinger, Innsbruck 1905
Die falsche Großmutter (AaTh/ATU 333)
In: Karlinger, Felix. Das Mädchen im Apfel. Italienische Volksmärchen.
Deutscher Taschenbuch Verlag, München 1964. © Claudius Karlinger,
München
Herzlichen Dank an Claudius Karlinger für das Überlassen dieses
Märchens.
Die Feder von Finist dem lichten Falken (AaTh/ATU 432)
Originaltitel:»Das Federchen vom hellen Falken Finist«
In: Afanaßjew, A.N. Russische Volksmärchen. Neue Folge. Hrsg. und
übersetzt von Anna Meyer. Ludwig, Wien 1910
Weiß Karlientje und Schwarz Karlientje (AaTh/ATU 711)
In: Witteryck, A.J. und Hervé Stalpaert. Oude Westvlaamse volks-
vertelsels. Afgeluisterd en verteld door A.J. Witteryck. Opnieuw
uitgegeven, ingeleid en van nota's voorzien door Hervé Stalpaert.
Brügge/Brüssel 1946
Übersetzung: Walter Scherf
Von der schönen Angiola (AaTh/ATU 310)
In: Gonzenbach, Laura. Sicilianische Märchen. Mit Anmerkungen
Reinhold Köhlers und einer Einleitung herausgegeben von Otto
Hartwig. Engelmann, Leipzig 1870

Daphne (AaTh/ATU 407)
Originaltitel: »Daphne III«
In: Karlinger, Felix. Rumänische Märchen außerhalb Rumäniens.
© 1982 Erich Röth Verlag, Zur Hinterecke 7, 91278 Tüchersfeld
Die Stiefkinder (AaTh/ATU 450 + AaTh/ATU 511)
In: Frobenius, Leo. Volksmärchen der Kabylen. Band 3. Eugen
Diederichs, Jena 1921
Das Mädchen im Kasten (AaTh/ATU 881)
In: Leskien, August. Balkanmärchen. Eugen Diederichs, Jena 1915
Die Geschichte von sieben Mädchen und einer Menschenfresserin
(AaTh/ATU 327A)
In: Stumme, Hans. Märchen der Berbern von Tamazratt in Südtunesien.
J.C. Hinrichs'sche Buchhandlung, Leipzig 1900
Deusmi (AaTh/ATU 311 + AaTh/ATU 302)
In: Karlinger, Felix. Das Feigenkörbchen. Volksmärchen aus Sardinien.
© 1973 Erich Röth Verlag, Zur Hinterecke 7, 91278 Tüchersfeld
Von den zwölf Monaten (AaTh/ATU 403 + AaTh/ATU 294)
In: Wenzig, Joseph. Westslawischer Märchenschatz. Lorck, Leipzig 1857
Der Hund mit den spitzen kleinen Zähnen (AaTh/ATU 425C)
In: Addy, Sidney Oldall. Household Tales with other traditional re-
mains. London/Sheffield 1895
Übersetzung: Gudrun Lehmann-Scherf
Ein Märchen von Bruder und Schwester (Typenbestimmung liegt nicht
vor)
In: Karlinger, Felix. Märchen aus Portugal. Fischer, Frankfurt 1976.
© Claudius Karlinger, München
Herzlichen Dank an Claudius Karlinger für das Überlassen dieses
Märchens.
Kari Holzrock (AaTh/ATU 510B + AaTh/ATU 510A + AaTh/ATU
511)
In: Asbjörnsen, Peter, Christen und Jörgen Moe. Norske Folke-Eventyr.
Oslo 1866
Übersetzung: Walter Scherf

Literaturverzeichnis

Badinter, Elisabeth. Die Mutterliebe. Geschichte eines Gefühls vom
17. Jahrhundert bis heute. Piper, München/Zürich 1981

Becker, Ricarda. Die weibliche Initiation im Ostslawischen Zaubermärchen: Ein Beitrag zur Funktion und Symbolik des weiblichen
Aspektes im Märchen unter besonderer Berücksichtigung der Figur
der Baba Jaga. Harrassowitz, Wiesbaden 1990

Becker, Ricarda. »Initiation«. In: Brednich, Wilhelm u.a. (Hrsg.). Enzyklopädie des Märchens. De Gruyter, Berlin/New York 1977ff.

Beit, Hedwig von. Das Märchen: Sein Ort in der geistigen Entwicklung.
Francke, Bern und München 1965

Bettelheim, Bruno. Kinder brauchen Märchen. Deutsche Verlagsanstalt,
Stuttgart 1977

Birkhäuser-Oeri, Sibylle. Die Mutter im Märchen: Deutung der Pro-
blematik des Mütterlichen und des Mutterkomplexes am Beispiel
bekannter Märchen. Hrsg. von Marie-Louise von Franz. Adolf Bonz,
Fellbach-Oeffingen 1985 (8. Auflage)

Blaha-Peillex, Nathalie. »Stiefmutter, Stiefkinder«. In: Brednich, Wilhelm
u.a. (Hrsg.). Enzyklopädie des Märchens. De Gruyter, Berlin/New York
1977ff.

Blumenhein, Gerd (Hrsg.). Die Märchenjurte. Was der alte tejo zu erzählen hat. Verlag der Jugendbewegung, Berlin 1995 (Textsammlung)

Bottigheimer, Ruth B. »Schwester«; »Stiefgeschwister«. In: Brednich,
Wilhelm u.a. (Hrsg.). Enzyklopädie des Märchens. De Gruyter, Berlin/
New York 1977ff.

Bottigheimer, Ruth B. Grimm's Bad Girls and Bold Boys: The Moral and
Social Vision of the Tales. Yale University Press, New Haven/London
1987

Brednich, Wilhelm u.a. (Hrsg.). Enzyklopädie des Märchens: Handwörter-
buch zur historischen und vergleichenden Erzählforschung. Begründet
von Kurt Ranke. De Gruyter, Berlin/New York 1977ff.

Dégh, Linda. »Hochzeit«. In: Brednich, Wilhelm u.a. (Hrsg.). Enzyklopädie
des Märchens. De Gruyter, Berlin/New York 1977ff.

Doderer, Klaus. »Das bedrückende Leben der Kindergestalten in den
Grimm'schen Märchen«. In: ders. Klassische Kinder- und Jugend-
bücher. Kritische Betrachtungen. Beltz, Weinheim/Berlin/Basel, 1970
(2. Auflage)

Dundes, Alan (Hrsg.). Cinderella: A Casebook. Wildmann Press, New York 1983

Franz, Marie-Louise von. Das Weibliche im Märchen. Bonz, Stuttgart 1977

Früh, Sigrid (Hrsg.). Die Frau, die auszog, ihren Mann zu erlösen: Europäische Frauenmärchen. Fischer, Frankfurt am Main 1985 (Textsammlung)

Gebert, Helga. Woher und Wohin? Märchen der Frauen. Beltz, Weinheim 1989 (Textsammlung)

Gobrecht, Barbara. Empfängnis, Schwangerschaft, Geburt und Stillzeit im europäischen Zaubermärchen: Zeiten der Bedrohung für die Heldin und ihre Kinder. In: Fabula 33. De Gruyter, Berlin 1992

Holbek, Bengt. Interpretation of fairy tales: Danish folklore in a European perspective. Suomalainen Tiedeakatemia, Helsinki 1987

Horn, Katalin. »Familie«; »Held/Heldin«; »Helfer«; »Sohn/Söhne«. In: Brednich, Wilhelm u.a. (Hrsg.). Enzyklopädie des Märchens. De Gruyter, Berlin/New York 1977 ff.

Kast, Verena. Familienkonflikte im Märchen. Deutscher Taschenbuch Verlag, München 1988

Kast, Verena. Märchen als Therapie. Walter, Olten 1986

Köhler-Zülch, Ines und Christine Shojaei Kawan. Schneewittchen hat viele Schwestern: Frauengestalten in europäischen Märchen. Gütersloher Verlagshaus Gerd Mohn, Gütersloh 1988 (Textsammlung)

Laiblin, Wilhelm (Hrsg.). Märchenforschung und Tiefenpsychologie. Primus Verlag, Darmstadt 1997

Lehmann-Scherf, Gudrun. »Psychoanalyse«. In: Brednich, Wilhelm u.a. (Hrsg.). Enzyklopädie des Märchens. De Gruyter, Berlin/New York 1977 ff.

Lehmann-Scherf, Gudrun. »Rotkäppchen in der Psychotherapie«. In: Gerndt, Helge und Kristin Wardetzky. Die Kunst des Erzählens. Festschrift für Walter Scherf. Verlag für Berlin-Brandenburg, Potsdam 2002

Lundell, Torborg. »Mutter«. In: Brednich, Wilhelm u.a. (Hrsg.). Enzyklopädie des Märchens. De Gruyter, Berlin/New York 1977 ff.

Lüthi, Max. Märchen. Metzler, Stuttgart 1976 (6. Auflage)

Masoni, Licia. »Tochter/Töchter«. In: Brednich, Wilhelm u.a. (Hrsg.). Enzyklopädie des Märchens. De Gruyter, Berlin/New York 1977 ff.

Merkel, Johannes (Hrsg.). Löwengleich und Mondenschön: Orientalische Frauenmärchen. Unionsverlag, Zürich 1994

Moser-Rath, Elfriede. »Frau«. In: Brednich, Wilhelm u.a. (Hrsg.). Enzyklopädie des Märchens. De Gruyter, Berlin/New York 1977 ff.

Müller, Elisabeth. Das Bild der Frau im Märchen: Analysen und erzieherische Betrachtungen. Profil, München 1986

Ranke, Kurt. »Braut/Bräutigam«. In: Brednich, Wilhelm u.a. (Hrsg.). Enzyklopädie des Märchens. De Gruyter, Berlin/New York 1977 ff.

Roth, Klaus. »Mann«. In: Brednich, Wilhelm u.a. (Hrsg.). Enzyklopädie des Märchens. De Gruyter, Berlin/New York 1977 ff.

Röhrich, Lutz. »Erlösung«; »König/Königin«. In: Brednich, Wilhelm u.a. (Hrsg.). Enzyklopädie des Märchens. De Gruyter, Berlin/New York 1977 ff.

Röhrich, Lutz. »und weil sie nicht gestorben sind …«: Anthropologie, Kulturgeschichte und Deutung von Märchen. Böhlau, Köln/Weimar/Wien 2002

Röhrich, Lutz. Märchen und Wirklichkeit. Schneider, Hohengeren 2001 (5. Auflage)

Röth, Diether. Kleines Typenverzeichnis der europäischen Zauber- und Novellenmärchen. Schneider, Hohengeren 1998

Scherf, Walter. Die Herausforderung des Dämons. Form und Funktion grausiger Kindermärchen. Saur, München et al. 1987

Scherf, Walter. Bedeutung und Funktion des Märchens. Internationale Jugendbibliothek, München 1982

Scherf, Walter. Lexikon der Zaubermärchen. Kröner, Stuttgart 1982

Scherf, Walter. Das Märchenlexikon. Band 1 und 2. C. H. Beck, München 1995

Schmölders, Claudia (Hrsg.). Wilde Frauen. Geschichten zum Staunen, Fürchten und Begehren. Hugendubel, Kreuzlingen/München 2000 (Textsammlung)

Shojaei Kawan, Christine. »Mutter, die treulose«. In: Brednich, Wilhelm u.a. (Hrsg.). Enzyklopädie des Märchens. De Gruyter, Berlin/New York 1977 ff.

Siegmund, Wolfdietrich. »Psychiatrie«. In: Brednich, Wilhelm u.a. (Hrsg.). Enzyklopädie des Märchens. De Gruyter, Berlin/New York 1977 ff.

Siegmund, Wolfdietrich. Das europäische Volksmärchen: Form und Wesen. Francke, Bern 1947 (2. Auflage)

Tatar, Maria. Von Blaubärten und Rotkäppchen: Grimms grimmige Märchen. Residenz, Salzburg/Wien 1990

Uther, Hans-Jörg. Die schönsten Märchen von Müttern und Töchtern. Droemer, München 2000 (Textsammlung)

Wardetzky, Kristin. Märchen-Lesarten von Kindern: Eine empirische Studie. Lang, Bern/Wien et al. 1992

Weber-Kellermann, Ingeborg. »Die Stiefmutter im Märchen«. In: dies. Die Familie. Insel Verlag, Frankfurt am Main 1976

Winnicott, Donald. W. Reifungsprozesse und fördernde Umwelt. Fischer, Frankfurt am Main 1984

Klassische Anthologien
in dtv-Originalausgaben

Deutsche Lyrik vom Barock bis zur Gegenwart
Hg. v. Gerhard Hay und
Sibylle von Steinsdorff
ISBN 978-3-423-**12397**-6

Michel de Montaigne
Von der Kunst, das Leben zu lieben
Hg. u. übers. v. Hans Stilett
ISBN 978-3-423-**13618**-1

Melancholie oder Vom Glück, unglücklich zu sein
Ein Lesebuch
Hg. v. Peter Sillem
ISBN 978-3-423-**13012**-7

Indische Märchen und Götterlegenden
Hg. v. Ulf Diederichs
ISBN 978-3-423-**13506**-1

Märchen von Töchtern
Hg. v. G. Lehmann-Scherf
Illustr. v. Reinhard Michl
ISBN 978-3-423-**13932**-8

Mächen von Söhnen
Hg. v. G. Lehmann-Scherf
Illustr. v. Reinhard Michl
ISBN 978-3-423-**13933**-5

Tausendundeine Nacht
Nach der ältesten arabischen
Handschrift in der Ausgabe
von Muhsin Mahdi ins
Deutsche übertragen von
Claudia Ott
ISBN 978-3-423-**13526**-9

Die Kunst des Wanderns
Ein literarisches Lesebuch
Hg. v. Alexander Knecht und
Günter Stolzenberger
ISBN 978-3-423-**13867**-3

Nicht nur zur Osterzeit
Ein Frühlings-Lesebuch
Hg. v. Gudrun Bull
ISBN 978-3-423-**20885**-7

Schaurig schöne Balladen
Hg. v. Walter Hansen
Illustr. mit Scherenschnitten
von Franz Graf von Pocci
ISBN 978-3-423-**13841**-3

Ostern
Ein Spaziergang rund um
die Welt
Hg. v. Ulf Diederichs
ISBN 978-3-423-**13970**-0

Bitte besuchen Sie uns im Internet: www.dtv.de

dtv

Tausendundeine Nacht

Nach der ältesten arabischen Handschrift
in der Ausgabe von Muhsin Mahdi erstmals ins Deutsche
übertragen von Claudia Ott

ISBN 978-3-423-13526-9

»Diese Ausgabe eröffnet einen ganz neuen, frischen Blick auf eines der großen Werke der Weltliteratur.«
Stefan Weidner in der ›Frankfurter Allgemeinen Zeitung‹

Die nächtlichen Erzählungen von Schahrasad, mit denen sie ihren königlichen Gatten verzaubert und so ihren Tod immer wieder aufschiebt, entführen den Leser in die Welt der Basare und Karawansereien, der weisen Kalifen und verschlagenen Händler, der vornehmen Damen und klugen Ehefrauen, der mächtigen Zauberinnen, Dschinnen und bösen Dämonen. Sie berichten von erotischen Vergnügungen und harten Schicksalsschlägen.

Kein Leser wird sich dem ebenso leidenschaftlichen wie geistreichen Charme dieser Geschichten entziehen können.

Diese Neuübersetzung von ›Tausendundeine Nacht‹ macht erstmals die älteste arabische Fassung der berühmten Märchensammlung in deutscher Sprache zugänglich. Dreihundert Jahre nachdem Antoine Galland das Werk in Europa bekannt gemacht und mit zahlreichen Ergänzungen ins Französische übertragen hat, ist ›Tausendundeine Nacht‹ nun in einer von allen europäischen Übermalungen, Ausschmückungen und Prüderien der letzten Jahrhunderte freien Form neu zu entdecken.

Bitte besuchen Sie uns im Internet: www.dtv.de